ROSALIE LOWIE

MES NUITS AVEC BOWIE

Roman noir

NOUVEAUX AUTEURS 2

Éditions Les Nouveaux Auteurs
16, rue d'Orchampt 75018 Paris
www.lesnouveauxauteurs.com

Éditions Prisma
13, rue Henri-Barbusse 92624 Gennevilliers Cedex
www.editions-prisma.com

« On ne voit bien qu'avec le cœur,
l'essentiel est invisible pour les yeux. »

Le Petit Prince,
Antoine de Saint-Exupéry

À Cat,
À Domi,

1

Ça aurait dû être un jour comme les autres.

Malgré mes tentatives avortées de contrer le cours des choses. Régulièrement, j'avalais du bout des lèvres des mélanges de riz noir, gingembre, huile de noix de coco pour déclencher la fièvre (en vain). Je frappais mon nez pour provoquer d'hypothétiques saignements (en vain encore). J'allais respirer le dégueulis ou les selles de mon chat pour me faire vomir (les haut-le-cœur me crispaient, mais pas au point de dégobiller). Le tout orchestré en cachette, sur de pseudo-conseils dénichés sur Internet, mais irrémédiablement voués à l'échec. En dehors des larmes de rage désespérée qui me nouaient la gorge et giclaient au coin de mes yeux.

Du haut de mes seize ans, je n'étais pas grand-chose dans ce monde immense. Cette prise de conscience me rongeait les sens. Mes bras potelés n'avaient pas la force de stopper la vague puissante ou de détourner le courant. L'existence ressemblait à un spectaculaire mascaret dans le prisme de mes lunettes de myope. Balayant tout sur son passage, à commencer par moi. Les images du mur de neuf mètres de la rivière chinoise Qiantang, propulsée à près de quarante kilomètres à l'heure à contre-courant, hantaient mes cauchemars. J'étais engloutie en deux temps, trois mouvements.

Pourtant, tout avait bien commencé dans ma vie.

Dotée d'une nature simple et joyeuse. D'une âme bienveillante et généreuse. D'un esprit vif et curieux. Entourée d'une famille farfelue et aimante. Mon problème (qui n'en était pas un pour moi, mais le devenait à cause des autres) résidait dans mon physique replet (certains diraient « *potelet* » ou « *grassouillet* » ou « *bien en chair* » ou encore « *obèse* »). Manque de bol, j'étais aussi miro, d'où des lunettes aux verres épais juchées sur mon nez. La paire, que j'avais choisie à cause de sa couleur rouge pétard, était trop grande pour mon visage, elle accentuait mes oreilles décollées et glissait fréquemment. Beaucoup s'en moquaient et, au début, je n'y prêtais pas attention. Je m'en fichais. La chance m'était donnée de pouvoir discerner l'univers en deux modes : impressionniste ou réaliste. Je pouvais à loisir, en fonction de mes envies ou de mes humeurs, en ôtant puis remettant mes lorgnons, changer d'atmosphère, de tonalité, de précision, de focale. Mais les méchants quolibets ou les railleries finissaient par écailler ma bonhomie originelle. Et ces derniers mois, les coups de canif se répétaient. Mon cuir s'attendrissait, l'agneau rosissait sous les assauts de cette bande d'odieux abrutis. Je saignais sous les meurtrissures endurées au lycée, à filets minces, méandreux, entre les plis épais de mes chairs.

Bien évidemment, j'enfouissais mes douleurs angoissées. Je faisais mine d'encaisser, de ne rien laisser paraître. J'étais plutôt douée pour arborer le masque lisse du bonheur ou de la belle indifférente. D'autant que, tournée vers les autres, je ne faisais pas trop cas de mon ego. Nombril bien enseveli dans mon ventre dodu. Mais, à la longue, ça s'avérait pénible. Je m'effritais lentement de l'intérieur.

D'un soupir, j'ai repoussé mon humeur maussade pour me concentrer sur l'instant et tendre l'oreille. Par-delà les ronflements de mon chat (un énorme matou orange) vautré de tout son long sur les draps, on grattait à la porte.

– Romy ?

Un ange maternel est apparu dans l'entrebâillement, auréolé d'une couronne de lumière.

Plissant un front surpris, j'ai cherché du regard mon radio-réveil qui trônait d'ordinaire sur ma table de chevet. Je me suis penchée sur le côté pour voir s'il s'était fracassé au pied du lit. Parfois, dans mes nuits agitées, je gesticulais tant et si bien que mes bras faisaient tout valdinguer, les objets, mon oreiller, le chat. Mais rien. Pas plus que mon portable avec la coque en plastique doré.

– Romy chérie, a-t-elle répété, alors qu'un sourire radieux lui mangeait la moitié du visage.

Concentrée, je sentais bien un truc étrange dans son expression ou la tonalité de sa voix. Un « *je-ne-sais-quoi* » d'inhabituel, même si elle restait, envers et contre tous, une tornade d'excentricité, par nature imprévisible.

– On a tenu un conseil de famille.

– Ah bon ? Quelle heure est-il ? Je ne trouve plus mon radio-réveil.

– Huit heures trente.

– Bordel, je suis en retard pour l'école !

J'ai hurlé, repoussé les draps sur mon chat. Il a bondi hors du lit, les poils hérissés, en feulant d'effroi. Une montée de stress m'a irradié les tempes alors que mon cœur s'emballait.

– Non, a fait calmement ma mère. T'inquiète !

– Non ? ai-je répété hébétée.

– J'ai prévenu la directrice qu'il y avait un léger contretemps.

– Tu plaisantes ?

– Pas le moins du monde.

– Mais j'ai un contrôle de maths ?! Je vais me faire défoncer.

C'était terrible cette fâcheuse manie de vouloir ardemment quelque chose, de le désirer plus que tout, de le rêver chaque nuit, de promettre ses saints, la terre entière, d'être prêt à se damner pour l'obtenir, à mentir, voler, tuer même, pour soudain, quand le vœu s'exauçait, lui barrer la route les paupières closes, la respiration en suspens sur un déni total, la main sur la poitrine à la limite de l'arrêt cardiaque. Alors (Dieu seul savait pourquoi), on le refusait du plus profond de soi. La réalité dérobée, imméritée, avait la saveur coupable du délit ou de l'improbable délice auquel on ne croyait plus.

– Tu vas faire l'école buissonnière.

– Ah ?!

– Nous décrétons être en vacances à partir d'aujourd'hui et pour le temps qu'il faudra. J'ai travaillé d'arrache-pied au salon pendant les fêtes de fin d'année. Un peu de repos me fera le plus grand bien et rien de tel qu'une trêve pour tous se retrouver.

Ma famille s'avérait peu conventionnelle (je le savais depuis des lustres ; on me serinait au lycée que nous étions tous zinzins), et ça n'était pas la première fois que l'un d'eux décidait ou réalisait quelque chose de *pas* ordinaire. J'y étais habituée pourtant, mais j'arrivais encore à me faire surprendre.

– La directrice est d'accord ? ai-je fait en clignant des yeux sceptiques au travers de mes loupes.

– Oh, *elle* ! a-t-elle minaudé. Je lui ai dit que tu étais souffrante. Elle n'y a vu que du feu.

– Vraiment ?

D'un revers de la main, elle a balayé la question. Ma mère éludait les sujets qui la chatouillaient ou l'embarrassaient, avec une facilité déconcertante.

– Mon tél. Tu sais où il est ?

– Dans le coffre-fort, avec les autres et ton radio-réveil.

Bouche bée, je l'ai dévisagée alors qu'elle ouvrait la fenêtre sur l'hiver exquis. Ce pâle lundi de janvier diffusait une fraîcheur mordante. Les poules caquetaient dans la bassecour, ignorant les fanfaronnades sporadiques du coq qui peinait à se faire respecter. Un des chiens aboyait son désœuvrement. Les branches d'arbres défeuillées frissonnaient.

– On va vivre hors du temps, s'isoler de la violence du monde à laquelle d'ailleurs on ne peut pas grand-chose, mettre sur pause la frénésie des réseaux sociaux.

– Génial !

J'ai sauté hors du lit, après un ultime instant d'incrédulité. Une onde de bien-être a alors déferlé dans ma poitrine, réchauffant mon petit cœur malmené. J'ai déposé mon plus beau sourire sur mes lèvres charnues. J'irradiai soudainement d'un feu ardent. Plus besoin de vains stratagèmes pour repousser l'école et rester douillettement à la maison.

Cette journée avait la saveur des jours heureux. Ça n'avait pas de prix.

2

Elle avait rencontré mon père (le biologique) à un feu de la Saint-Jean sur une plage des Landes. Alors en vacances chez des cousins (enfants de bonne famille et noceurs dès que les adultes avaient le dos tourné), la soirée s'annonçait allégrement alcoolisée (il était bien connu que la bourgeoisie aimait s'encanailler). Des pétards circulaient de bouche en bouche, pendant que les bouteilles de gin, de vodka et de bière tintinnabulaient dans les fumées blanches. L'été festif étincelait dans les regards humides. La musique tambourinait, s'entremêlait à la rengaine soyeuse des vagues. Les rires bruyants et les conversations animées criblaient la nuit étoilée d'une joyeuse humeur contagieuse. Les flammes jaunes se dressaient hautes vers le ciel, ondoyaient, crépitaient.

Gisèle Lherminet se trémoussait, pieds nus dans le sable. Elle ondulait les hanches, arrondissait les épaules, courbait ses mains gracieuses dans le flamboiement. Muée en danseuse de flamenco le temps d'un morceau d'électro envoûtante. Elle avait trop bu, mais son alcool se dévoilait musical, langoureux. Il y avait ceux qui piquaient du nez, s'écroulaient de sommeil sur la plage. Certains avaient le verbe haut, la tristesse ou l'énervement chevillés au cœur, à deux doigts d'en découdre pour des motifs qu'ils oubliaient aussitôt. D'autres étaient d'intarissables moulins à paroles de tout et de rien, poètes d'un soir de lune. Et lui, mon père (le biologique), avait l'alcool amoureux. L'émotion l'avait saisi en apercevant la danseuse. Puis l'excitation en l'enlaçant pour la faire virevolter sur la plage. Gisèle avait ri, tourbillonné, ri encore, à gorge déployée. L'air de l'Atlantique saupoudré de la morsure du brasier lui avait rosi les joues, le front, les cuisses. Elle exhalait la beauté brute de l'innocence. Elle se souvenait vaguement qu'il était blond et trapu. Elle avait ri encore. Puis, épuisée par le tournoiement effréné, elle s'était allongée au pied de la dune. De son corps, il l'avait enveloppée. Sa bouche avait forcé la sienne avec curiosité, ses mains avaient fouillé, caressé sa peau, son sexe l'avait pénétrée avec une douce évidence. Il ne l'avait pas violée, non, elle s'était laissé faire, ressentant une alternance de plaisir et d'extrême fatigue. Les choses s'étaient déroulées sans brutalité, avec un naturel implacable. Les affres de l'alcool et des drogues avaient annihilé sa conscience, après l'acte, longtemps, elle avait flotté dans un état second ou un rêve éveillé.

Elle avait quinze ans.

Ses parents (mes grands-parents), des bourgeois fort soucieux des apparences, n'apprécièrent pas du tout de voir son ventre s'arrondir. Fille mère, ça faisait tache dans la généalogie de la famille Lherminet. Promise à des desseins ambitieux (selon leurs plans), cette grossesse du plus mauvais goût était inenvisageable. Gisèle devait poursuivre sa scolarité, passer son bac puis, au terme d'années d'études, endosser la toge d'avocate. Un bon parti était déjà identifié en la personne de Cédric Valmont. Le pedigree, l'ADN, tout était prévu pour faire rayonner la lignée des Lherminet dans la ville, la région bordelaise et plus encore. Même les esquisses du plan de table d'un mariage en grande pompe. Rien n'était laissé au hasard. Mais voilà que les égarements estivaux de la seule fille de la famille venaient gripper la machine. Impossible.

Sommée d'avorter, Gisèle s'était rebellée. Elle voulait garder l'enfant. La graine ensemencée en elle était un signe du destin. Elle croyait, dur comme fer, à la théorie de la synchronicité, à la matérialisation de sa psyché. Il y avait de la magie dans l'idée qu'elle se faisait de son état. Cet homme n'était pas arrivé dans sa vie par hasard et l'acte d'amour devait s'accomplir, autant que le bébé devait naître de leur accouplement. Elle avait bien tenté d'argumenter son point de vue. En vain. Les mines consternées de ses parents lapidaient sa candeur, le fiel dans leurs mots javellisait l'espoir. Néanmoins, elle n'en démordit pas. D'autant qu'elle étouffait dans la rigidité conservatrice des Lherminet. Depuis la sortie du ventre de sa mère, la bouche ronde, elle cherchait son air, sans cri, sans émoi autre que le manque flagrant d'oxygène. Ça ne s'était pas arrangé avec les années. Une enfance, puis une adolescence, corsetées, étriquées, guindées, ternes, tristes. Pourtant, son cœur de feu follet s'abreuvait de lumière. Sa viscérale joie de vivre criblait de rires et de sourires ses journées. Son aptitude au bonheur resplendissait. De plus, elle se refusait à devenir avocate. Son truc à elle, c'étaient les cheveux. Depuis son plus jeune âge, elle en avait caressé le rêve tout autant que les chevelures de toute la famille ou de ses petites copines à l'école. La soie capillaire l'envoûtait. Obsédée par les peignes et les paires de ciseaux, elle aimait démêler, brusher, lisser, couper, tailler. Elle collectionnait les accessoires de coiffure à chaque anniversaire ou pour Noël, au grand dam des parents Lherminet qui voyaient d'un mauvais œil cette lubie saugrenue.

Alors quand pour la ixième fois ils lui ordonnèrent d'avorter, elle hurla à s'en faire péter les poumons : « *Jamais. Non, jamais je ne ferai une telle monstruosité. J'aurai mon bébé toute seule et serai coiffeuse. Que ça vous plaise ou non !* » Le gloussement sarcastique de sa mère avait retenti à ses oreilles. Son père lui avait tapoté l'épaule avec condescendance en chuchotant que tout allait bien se passer et que ses enfantillages devaient cesser sur-le-champ. Leur patience avait ses limites, avait-il persiflé.

À ce moment-là, Gisèle comprit qu'elle n'arriverait à rien. Elle n'avait que quinze ans, mais sa détermination sans faille la guidait. Ses effets personnels entassés dans un énorme sac à dos, sa mallette de coiffure à la main, elle avait pris la route, sous les yeux mi-amusés mi-médusés de sa famille. Ses parents et ses trois frères.

– Un caprice ! avait raillé le cadet. Ça lui passera.

Elle avait alors cheminé seule sur le bas-côté de la départementale qui longeait la propriété. Ses cheveux noués en queue de cheval rebondissaient de gauche à droite, claquaient, rythmaient son pas. L'orage imminent s'annonçait dans les marbrures qui déchiraient un ciel bleu d'encre.

Elle partait, elle ne savait pas où, mais elle y allait.

Pris de remords, son frère aîné attrapa ses clés de voiture. Il devait rentrer à Paris pour le boulot. Il allait embarquer Gisèle avec lui pour quelques jours, tenter de la raisonner. Sa démarche avait fait l'unanimité. Cependant, il ne tint pas l'engagement. Il adorait Gigi et elle le lui rendait bien. Il aimait aussi casser les codes, sous ses airs de sale grincheux. Il n'avait néanmoins jamais réussi à s'imposer auprès de ses parents par le passé. Il faisait le métier qu'ils lui avaient choisi. Ça lui pesait, depuis toujours, tout comme leurs grands principes sur tous et toutes. Et sa (jeune) sœur avait le cran de faire voler en éclats le carcan pour saisir à bras-le-corps son existence. Il se laissa convaincre, admiratif. Il allait la protéger du clan infernal, les tenir à distance, enjoliver ou travestir la réalité, peaufiner ses mensonges pour dresser autour d'elle une bulle de douceur. Gigi put alors vivre sa grossesse avec sérénité dans l'appartement parisien et m'accueillir un peu avant minuit (trois minutes exactement), un soir de pleine lune. J'étais un bébé de l'amour, pas le conventionnel, mais était-ce important ? Pas vraiment. L'essentiel se nichait ailleurs, dans l'affection inconditionnelle que Gigi a déversée sur moi dès le premier jour de ma naissance, ou dans la tendresse sans bornes de mon oncle.

3

En descendant à la cuisine, j'ai croisé mon petit frère. Le sourire radieux de l'évadé de prison, il m'a décoché un clin d'œil. Dans sa tenue kaki de ranger, le crâne chaussé d'un chapeau souple à larges bords, il s'apprêtait à rejoindre les animaux.

– Tu fais l'école buissonnière toi aussi ? ai-je fait perplexe.

– Mouais.

– Tu sais ce qu'il s'est dit (toi) au conseil de famille ?

– Non.

– Ah…

Il m'a plantée là, sans autres manières, pour sortir dans la cour, ses chiens sur les talons. Deux bâtards marron dont la queue battait la mesure de leur enthousiasme à fondre dans la fraîcheur hivernale.

J'ai soupiré, en poursuivant ma route vers la cuisine, où mon petit-déjeuner m'attendait. Maman faisait tiédir du lait, en touillant délicatement la poudre cacaotée saupoudrée avec générosité. Ça sentait si bon que j'en ai aussitôt salivé. L'appétit, malgré la bizarrerie de ce début de matinée, m'a tordu le bide en émettant un gargouillis tonitruant. À peine attablée, j'ai sursauté. Hypnotisée par le triangle doré et croustillant posé dans mon assiette. J'en suis restée baba. Cette vision démoniaque me pénétrait de toutes parts. La vue, l'odorat, deux sens réglés à leur paroxysme faisaient la course à l'échalote pour me torturer. L'espace d'un instant, j'ai cru à un mirage. Étais-je en plein désert, suppliciée par la soif, la chaleur, en proie à d'effroyables illusions d'optique ? À l'affût d'une improbable oasis flottant sur l'autre versant de la dune… Mais, non, j'étais bien dans la cuisine, les pieds nus sur le carrelage froid. Gigi, tournée de trois quarts vers moi, m'observait en remuant mon chocolat.

– Y a un croissant dans mon assiette ?! ai-je balbutié.

– En effet.

– Je suis au régime… Si c'est une blague, elle est de mauvais goût.

Elle s'est approchée, m'a servi ma boisson chaude, puis s'est installée en face de moi.

– C'est fini ces conneries. Il y en a marre des diktats à la noix qui nous édictent quoi manger, comment vivre et le reste. Basta ! On va s'aimer, s'assumer, faire avec nos imperfections qui nous rendent *parfaitement* uniques. On les emmerde *tous*, ma chérie, et si on veut bouffer du gras, du sucre ou de la merde, on ne va pas se gêner !

Ma mère pétait un câble. Forcément. L'explication se trouvait là. Sa raison s'était égarée dans la nuit, happée par une nasse étoilée. Accrochée à sa folie du jour, elle embarquait la maisonnée. Visiblement, personne ne cherchait à la contrarier ni à la faire rentrer dans le rang.

Les sourcils froncés, j'ai sondé son âme, envie de savoir si c'était du lard ou du cochon. Guettant d'une oreille l'arrivée d'un autre membre de la famille pour le prendre à témoin. Mais, rien. J'étais seule face à sa folie. La ténacité ourlait ses lèvres.

– Ça n'est qu'un croissant, Romy.

– Oui, mais…

D'un hochement de menton, elle m'a encouragée à sauter le pas. Sous la pression maternelle, j'ai planté mes quenottes dans la croustillante viennoiserie. Les paupières closes, je revoyais mes jours, mes semaines de privation défiler en kaléidoscope. Je ressentais dans mes chairs la torture du régime draconien que je m'étais infligée dans l'espoir de perdre dix malheureux kilos. La faim criblait mon corps de banderilles pointues, étirait, aspirait mon estomac vide, accaparait, étouffait mes sens, obnubilait mon esprit du réveil au coucher, le shootait d'un poison insidieux. J'aurais alors pu vendre mon âme au diable en échange d'une minuscule friandise. Mais nul besoin, elle me la glissait sous le nez.

Hum… Ce croissant exquis me ramenait à la vie. Subitement, brutalement, miraculeusement. La tête extirpée hors de l'eau après une apnée intolérable, où maintenue par les pieds j'avais bien cru me noyer.

La gourmandise était l'une de mes raisons d'être. J'avais osé la galvauder, la vilipender, la caillasser sous le joug des brimades au lycée. La refouler honteusement en raison du miroir cruel de la société. Alors, oui, j'étais boulotte, ronde ou obèse, en fonction du placement du curseur des uns ou des autres, mais pour ma famille, j'étais *magnifique*. Mes formes généreuses accentuaient mon aura lumineuse, ma joie de vivre. Et, moi, je m'aimais bien ainsi (au début tout du moins). En fait, j'ai toujours apprécié les gens tels qu'ils sont, sans me poser toutes ces questions étranges sur l'apparence ou le vernis des êtres. Le principal me paraissait être ailleurs, à l'intérieur. À moins que ma différence ne m'ait amené à penser en profondeur, effaçant la rugosité, le superficiel ou l'esthétisme à outrance. La beauté nichait partout et surtout là où on ne l'attendait pas : « *On ne voit bien qu'avec le cœur, l'essentiel est invisible pour les yeux.* » J'avais fait mienne cette citation du Petit Prince. Un bout de croissant avait le pouvoir d'un exhausteur de goût et me le remémorait.

J'ai mâchonné pendant un temps infini, en gémissant de plaisir. Les yeux fermés sur mon paradis sucré, je flottais sur une barque en guimauve, à l'assaut d'une rivière délicieusement chocolatée.

– Je peux en avoir un ? a fait mon oncle. Ils ont l'air mortellement érotiques, à entendre la petite.

– Ça ne marche pas sur les vieux schnocks ! a raillé maman.

Néanmoins, elle lui a présenté la poche remplie de douceurs encore tièdes. Il en a attrapé une et s'est mis à manger, calé contre le rebord de la fenêtre. Se pourléchant les doigts du beurre suintant à la surface.

Il avait la tête des mauvais jours. L'insomnie (sempiternelle) avait dû revenir chahuter sa nuit, ressac incessant, la cribler de pétards mouillés, aspirée par une lune pâle, actionner en continu son esprit. D'improbables endormissements à chaque fois ballottés, contrariés par ses pensées plus sombres que la mer Morte. Mon oncle, de son vrai nom André Lherminet, était le frère de maman. Celui qui, seize ans auparavant, l'avait embarquée à Paris avec son ventre rond, sa rébellion adolescente et ses envies de devenir coiffeuse. Celui qui avait rendu mon existence possible et facilité celle de sa sœur. Je l'adorais, malgré son apparente humeur exécrable. Il aimait vitupérer pour un rien. Il excellait d'ailleurs dans l'art de la critique. Et il en faisait des caisses. Pourvu d'une intelligence au-dessus de la moyenne (selon les estimations collectives de notre famille et de prétendus tests de QI réalisés un jour de désœuvrement pour en avoir le cœur net), il s'amusait en permanence à démêler, dans une information ou une situation, le vrai du faux, à séparer le bon grain de l'ivraie. Parfois, ça virait à l'obsession, surtout depuis qu'il avait flanché dans l'exercice de son métier de trader à Paris. Trop de pression, un boulot d'enfer, une affaire mal évaluée, trop vite expédiée, qui avait alors mal tourné. La catastrophe s'était produite, le drame l'avait englouti dans un burnout sévère dont il ne s'était jamais complètement remis. C'était il y a dix ans. Ensuite, à l'aide de ses florissantes économies de boursicoteur (il était plein aux as, même s'il n'en faisait jamais état), il avait opéré des changements radicaux dans leurs vies. À commencer par fuir

Paris, quitter les affres du CAC 40, s'installer dans cette propriété champêtre en pleine nature, renommée « Le Domaine », aménager un improbable salon de coiffure pour Gigi dans l'ancienne laiterie et prendre le temps de vivre. Alors, il méditait ou critiquait, en fumant des cigarillos d'un air concerné. J'aimais l'odeur âcre qui le suivait partout dans son sillage. Je m'amusais parfois à ramasser un mégot dans le cendrier, à le humer avant de le mâchonner du bout des lèvres. Certains auraient trouvé ça répugnant, pas moi. C'était mon oncle. Un soir qu'il s'était assoupi dans le fauteuil du salon, j'en avais même chipé un (entier) dans son étui en métal. L'excitation de l'interdit, je frissonnais de la tête aux pieds. J'avais foncé me cacher à l'arrière de la maison, dans un étroit renfoncement pierreux. Reprenant mon souffle, j'avais embrasé le bout et aspiré délicatement. Je savais qu'il fallait faire gaffe pour ne pas se brûler les poumons. Mais malgré mes précautions, le piquant du tabac m'avait aussitôt enflammé la gorge puis la trachée. Rouge pivoine, je n'avais pu réprimer une quinte de toux avant de pouvoir expirer par le nez et la bouche. Néanmoins, l'entêtement d'une bourrique chevillé au corps, je réitérais l'opération, convaincue que si mon oncle ne pouvait s'en passer, ça devait forcément valoir le coup de s'obstiner. La déception fut grande. J'aimais quand il fumait, mais je n'aimais pas fumer. Étrange ou amère constatation. Tout n'était pas bêtement reproductible.

J'allais reprendre un croissant quand ma mère a froncé les sourcils d'un air de signifier qu'il ne fallait pas non plus exagérer. Le retour à cette nouvelle réalité de janvier devait s'orchestrer en douceur. J'ai acquiescé en silence en sifflant d'une traite mon bol de chocolat tiède. D'un bout de langue gourmand, j'ai léché la traînée lactée auréolant ma lèvre supérieure. Un soupir de délectation intense m'a étreinte alors que je me caressais un ventre délicieusement tendu.

Qu'allais-je bien pouvoir faire de cette première journée d'école buissonnière ?

Je n'avais d'ailleurs jamais séché les cours. Un soudain sentiment de vide m'a chahutée. Je me sentais perdue dans cette maison dont je connaissais pourtant les moindres recoins ou les différents bruits, même imperceptibles. La solitude d'une liberté retrouvée me tétanisait les membres. Impossible de me lever de ma chaise.

Aller où ? Faire quoi ? Avec qui ? Oh, bordel... Par quoi commencer ?

Un éclair m'a saisie. Il me fallait un téléphone pour me raccrocher à la vie d'avant. Me rassurer, m'agripper au traintrain rassérénant. Ultraconnectée dès le réveil, la paupière à peine entrouverte sur la lumière de l'écran, j'aimais parcourir le monde depuis mon lit. Emmitouflée sous les draps protecteurs.

– Tonton ? me suis-je hasardée. Tu peux me filer ton portable ? Je voudrais voir les infos.

– Au coffre, Romy ! Comme tous les autres appareils du genre ! C'est une idée de ta mère, étrange, mais, au final, plutôt pertinente. Regarde, même le poste de télévision de la cuisine a disparu ?!

En effet, il avait été décroché de son axe pivotant, laissé à nu. Une branche morte semblait traverser le mur. Coupée net en moignon triste.

– Je fais comment pour m'informer ?

– Rien. L'autarcie, l'autosuffisance et la solitude sont des concepts intéressants à revisiter. Réapprendre à s'occuper comme au temps de nos arrière-grands-parents devient un pur défi ! Mais ça va te plaire, jeune fille !

Ils en avaient de bonnes dans ma famille de doux dingues. Me passer des nouvelles du monde me paraissait cruel. Comment édifier, brique après brique, la carrière de journaliste à laquelle je me destinais ? J'avais pris conscience de l'importance de certaines matières, à la suite des conseils avisés de mon professeur de français. Alors, je m'évertuais à nourrir ma culture générale, à emmagasiner les connaissances sociales, artistiques et économiques afin d'intégrer au sortir de mon bac une école de journalisme. Le nec plus ultra aurait été Sciences-Po Paris, mais je m'estimais incapable de parvenir à ce niveau. En même temps, je me fichais de cibler plus bas. Le principal était d'atteindre l'objectif que je m'étais fixé. En fait, mon rêve ultime était d'être animatrice télé. Tout était très clair dans mon esprit. Mes émissions mettraient en lumière des êtres de tous les horizons. La bienveillance, le positivisme, la douceur seraient mes crédos. J'avais soupé des malheurs du monde, de la cruauté, de la violence et des drames dont on nous abreuvait en permanence. Je voulais inonder les heures de forte audience de l'aura formidable des gens ordinaires, les gaver de beaux sentiments, remplir les cœurs et offrir des sourires. Mon oncle me serinait que ça ne fonctionnerait jamais (les hommes étaient assoiffés de tragédies, de mochetés et de larmes), néanmoins il m'encourageait à croire à mon rêve.

En revanche, me priver (même temporairement) de musique était impensable. Des spasmes nerveux me soulevaient la poitrine. Des gouttelettes de sueur perlaient sur mon front, je manquais d'air.

Maman a paru capter ma fugace détresse.

– T'inquiète, ma chérie, a-t-elle dit. Ça va bien se passer. Et puis, cela ne va pas durer toute la vie.

Elle a déposé devant moi mon vieil iPod et les écouteurs. Je n'avais jamais été aussi heureuse de retrouver cette relique. La froideur métallique m'a réchauffé un cœur battant. Nos regards se sont agrippés. La force de son amour maternel me submergeait. Elle savait *tout* tellement mieux que moi, que quiconque, c'était troublant et merveilleux. J'aimais maman d'une puissance inouïe. L'idée de la perdre un jour m'angoissait, surtout ne pas y songer, repousser au large ces visions de cauchemar.

– Il y a un policier qui discute avec Edison, a marmonné mollement mon oncle.

4

Gigi l'a rejoint à la fenêtre. Sa robe en mousseline a froufrouté, caressé le bord de la table, effleuré le dossier de la chaise. La gestuelle était parfaite, douce, élégante. Elle seule était capable de se mouvoir avec la légèreté d'une ballerine. Ses merveilleux cheveux roux cascadaient sur ses reins, ondulaient, capturaient la lumière, s'irisaient de reflets moirés. Elle irradiait un charme fou, à la beauté sulfureuse, dans ses tenues d'artiste bohème. Sa carnation laiteuse criblée de taches de son. Ni trop ni trop peu. Sa peau si fine qu'elle paraissait fragile à se déchirer attirait les caresses ou les baisers, laissait entrevoir un faisceau de minuscules veines bleues.

– J'ai toujours pensé qu'il se ferait arrêter un jour…

– Cesse tes balivernes ! s'est-elle amusée. Le flic, c'est Rosario.

– Un flic quand même. Et puis, je te dis, ce type n'est pas net. On ne sait même pas d'où il vient et pourquoi il a atterri chez nous un beau jour ?! En revanche, on sait pourquoi il reste. Ton joli p'tit cul, frangine, et un refuge pénard ici !

– C'est malin…

– Je suis sûr qu'il est en cavale. Depuis la pampa argentine ou un bidonville de Buenos Aires, il a dû faire un casse ou zigouiller quelqu'un ! Pour des histoires de drogues peut-être aussi. Il a bien la tête d'un dealer. Regarde la noirceur de son âme, elle ternit son visage.

– N'importe quoi ! l'a admonesté doucement Gigi. Décidément, ta nuit blanche te fait halluciner et dire d'énormes bêtises.

– Impossible de discuter avec toi de ce sujet, a-t-il fait, cinglant. Ta libido altère ton bon sens. On ne voit jamais très clair avec ses fesses ou ses nichons.

– Mais, voyons, André ! Tu veux bien arrêter tes sarcasmes !

Gigi l'a bousculé gentiment, d'épaule à épaule, pour venir coller son front dans son cou. Elle a enroulé ses bras autour de son torse, s'est pressée contre lui. L'odeur de ses rêves affleurait sur le grain de sa peau, dans le souffle de ses cheveux. Des effluves masculins entêtants. Le derme duveteux de sa nuque lui caressait l'ourlet des narines.

– Hum, a-t-il murmuré. Si tu n'étais pas ma sœur…

– Débiteur de calembredaines ! Tu ne changeras donc jamais…

– Jamais !

Ces deux-là se vouaient une adoration sans pareille. Rien ne paraissait capable d'altérer la puissance de leurs sentiments depuis toutes ces années. Ni les deux hommes de Gigi présents sous le même toit au Domaine : Pablo, l'époux (mon père, le vrai, celui de mon cœur), de son nom d'état civil, Paul Lavoine, ou Edison, l'amant métissé (venu d'ailleurs un beau jour).

– J'aime bien l'idée d'avoir un *fugitif* à la maison, ai-je fait en mimant du bout des doigts une tresse de frissons qui filait le long de mon bras. Ça donne l'impression de vivre dangereusement. S'il a tué, c'est pire, je ne vais plus pouvoir fermer l'œil de la nuit. Brrrrr… Il pourrait venir nous découper en rondelles, pris de folie par l'envie de faire un carnage. En même temps, je pourrais comprendre si la victime le méritait, si elle avait écartelé avec sauvagerie un chaton ou un chiot pour lui déchirer la peau par lambeau, à vif, lui arracher les entrailles…

– Romy ! a grommelé maman. Cesse donc de dire des horreurs ! Edison est un agneau. Tout doux et gentil. Il ne ferait pas de mal à une mouche.

Le ton était ferme, malgré l'esquisse d'un sourire sur le visage. Elle a relâché son étreinte, s'est éloignée de son frère et a poursuivi :

– Tu lui mets de drôles d'idées dans le crâne.

– Hum, a-t-il soupiré, circonspect. Alors pourquoi est-il là *ton* flic ?

– Pour moi.

L'air énigmatique, Gigi a minaudé, puis s'est empressée de débarrasser la table de la cuisine. Sa robe bruissait. Le parfum frais aux agrumes, dont elle s'était aspergée abondamment, flottait. Je n'ai pu m'empêcher de la humer à pleines narines. Elle sentait divinement bon.

– Tu as tué quelqu'un ? s'est enquis mon oncle, une coquetterie dans l'œil.

– Non ?! ai-je bafouillé, interloquée. Mais, bien sûr ! C'est… C'est la raison qui explique que nous restons cloîtrés au Domaine, que je ne vais pas à l'école, tout comme Miniranger, et que nous sommes privés de tous les moyens modernes de communication, radio, télévision, réseaux sociaux ?! Putain ! Je n'en reviens pas. En fait, c'est comme si nous étions en cavale, mais à la maison. Un huis clos hitchcockien.

– Qui ?

– Oui, maman, *qui* as-tu assassiné ? ai-je répété, la bouche en cœur.

Secouant le visage de dépit, elle s'est gardée de répondre. Elle a entrepris de réaliser une galette en hommage à l'épiphanie passée. Les mains blanchies par la farine, elle pétrissait avec ardeur. Une mèche rousse a glissé sur son nez, elle a soufflé, dégageant son champ de vision. Des senteurs d'amande mêlées à la préparation me chatouillaient les papilles. J'allais devoir m'éloigner de la cuisine, m'acclimater doucement à ma nouvelle vie d'épicurienne repentie. Sinon, maman avait raison, le feu d'artifice de saveurs allait me faire exploser au vol. Ça serait dommage de ne pas mieux gérer la reprise de mon existence bienheureuse.

– Le policier n'est plus avec Edison, a précisé mon oncle, sceptique. Il ne vient pas encore t'arrêter.

– Ah oui, il n'est plus là, ai-je rajouté, mes écouteurs fichés dans les oreilles.

– Edison baye aux corneilles, juché sur la barrière. On dirait un cow-boy, l'activité en moins.

– Parce que toi, tu t'épuises au boulot, mon chou ?

– Aïe, a-t-il maugréé.

Mimant un coup bas tiré par une fléchette invisible en pleine poitrine, il a trébuché, s'est rattrapé *in extremis* au mur.

– C'est vraiment mesquin, sœurette ! Je suis un rescapé de la grande guerre des *subprimes*. J'ai encore les éclats d'obus de cette satanée crise financière enfoncés dans le cuir de ma peau de vieux crocodile. Les cauchemars des tranchées viennent toujours me hanter la nuit et vomir les cris inhumains de tous ces gens criblés de dettes se jetant par les fenêtres des buildings de trente étages. Mais lui, ce petit con, il pourrait remonter les manches à la ferme pour gagner le gîte et le couvert. Sans parler de toi, la cerise sur le gâteau. Il pourrait faire du zèle ou des heures supplémentaires.

– Allez, ouste ! a-t-elle hurlé, excédée. Débarrassez-moi le plancher, tous les deux ! J'ai plus à faire qu'à entendre tes balivernes d'affreux jaloux ! Et toi, Romy, va donc te chercher une occupation.

Son cigarillo entre les doigts, mon oncle a expiré une bouffée de fumée âcre. L'air sombre, il est sorti, s'est dirigé vers la barrière où était assis Edison. Il fallait qu'il en ait le cœur net à propos de la venue du policier. Et, en même temps, il le houspillerait afin qu'il se remette au travail. Après tout, il était le garçon de ferme, pas un touriste de passage.

5

De retour dans ma chambre, je me suis affalée sur le dos, d'un seul tenant, sur mon lit. Il me fallait réinjecter du carburant. Autrement dit, écouter un morceau de musique pour me régénérer et donner un sens à mon existence.

Mes neurones turbinaient à l'affût d'une réponse.

Qu'allais-je donc bien faire de cette étrange journée ?

J'ai enclenché le bouton « *marche* » sur mon vieil iPod. La musique a ronronné sur quelques accords de guitare son lent compte à rebours. À peine audible au début, puis *crescendo*, de plus en plus forte, puissante et lyrique. Soudain, la tessiture rocailleuse de mon idole a résonné. Le plus grand d'entre tous. Il entonnait la mélodie envoûtante de *Space Oddity* sur cet astronaute perdu dans l'espace.

Les paupières closes, le sentiment étrange d'être en apesanteur moi aussi, les sons me pénétraient de toutes parts. Je flottais dans une bulle de douceur autour de la

Terre. Du bout des doigts, j'effleurais un croissant de lune, puis, d'une pichenette de la main, m'en allais toucher un rayon de soleil. J'effectuais des pirouettes à un rythme démesurément ralenti. Le même que celui des rêves bizarroïdes où l'esprit ne parvenait plus à actionner le corps. Pourtant, l'un voulait désespérément faire courir le second, mais les pieds coulés dans la glaise épaisse ne pouvaient plus bouger.

Je connaissais les paroles par cœur. Ma voix résonnait en écho à la sienne, mais aucun son ne sortait de ma bouche. Les mots étaient gravés à la pointe sèche dans le berceau de mon crâne.

J'étais délicieusement bien.

Une fois la chanson terminée, j'ai mis sur « *pause* », bondi hors du lit. Pour la seconde fois de la matinée. Mais cette fois, mon chat n'a pas sourcillé sur l'oreiller. Stoïque. Dédaigneux.

Enfin je savais par quoi je voulais démarrer.

En un rien de temps, je me suis préparée. Douche rapide, coiffage express, du sent-bon sous les bras, j'ai enfilé un survêtement confortable, un ample pull en polaire, un bonnet à pompon, une écharpe et mes baskets. Sans fard ni maquillage, je me déclinais au naturel pour m'aérer les poumons au grand air. J'ai ajusté mes énormes lunettes rouges sur l'arête de mon nez, coincé les branches sous l'élastique de mon couvre-chef.

Un jogging me permettrait de griller les calories englouties au petit-déjeuner (surtout ne pas foutre en l'air ces mois de privation à m'affamer pour perdre ces satanés kilos superflus). Ça m'aiderait à réfléchir à la suite de mes activités.

Je suis sortie en frissonnant.

Presque à regret les premières secondes.

Puis, le temps de m'acclimater à la fraîcheur mordante de l'hiver, j'ai sautillé sur place. Je me suis positionnée à la vingtième chanson (je connaissais par cœur la playlist de mon iPod). J'étais prête à écouter tout le répertoire de Bowie, avec délectation. Et allant aussi. La période « *dance* » s'est égrenée en rythme avec des pulsations cardiaques encore calmes. Bientôt, j'allais monter en pression, rougir sous les couches de vêtements et ahaner, mais j'en serais heureuse. J'adorais courir en musique.

Dehors, c'était un joyeux bazar. « Le Domaine » était une ancienne ferme, agrémentée de granges, écurie, clapier, poulailler ou dépendances. Les céramiques et poteries dépérissaient, sans la profusion de fleurs chassées par l'hiver. Une vieille 2 CV, colorée à la bombe, servait d'abri d'été pour la volaille. Plus loin, une girouette n'en finissait pas de couiner, en tournicotant sous l'emprise du vent. Une surprenante baignoire sabot abreuvait les chevaux, l'âne et les vaches laitières qui pâturaient une paire d'heures à la froide saison, histoire de se dégourdir les pattes avant de s'en retourner dans la chaleur du fourrage de l'étable. Une roulotte délabrée stationnait sous un chêne, qui servait de salon d'été. Des tas de choses hétéroclites s'acoquinaient sous des fils tendus en tous sens, piquetés de fanions ou de franges de lanières multicolores. Éparpillées dans le pré (surtout), les sculptures métalliques de mon père se dressaient, étirant fièrement leurs silhouettes longilignes vers le ciel, en prenant des airs angoissants à la nuit tombée.

Je les ai aperçus. Mon oncle et Edison en grande discussion. Ce dernier a fini par descendre de la barrière. Contraint de s'activer un peu, il s'est mis à taper sur un poteau de guingois, à l'aide d'un maillet. La fumée blanche de leurs respirations se mélangeait à celle du cigarillo. La tension était palpable.

Plus loin, mon petit frère nourrissait les cochons, les bottes en caoutchouc enfoncées dans la fange. Il passait des heures à faire le tour de l'arche de Noé que nous avions au Domaine. Maman recueillait tout. Animaux de la ferme, domestiques ou sauvages. On avait même hébergé un temps une biche, un sanglier et une (affreuse et méchante) autruche. Les gens du village nous apportaient les rescapés, les blessés, les estropiés, les malmenés de la vie. Chaque bestiole avait son histoire. Ils venaient ici couler des jours heureux et mourir dans la dignité. Miniranger n'avait d'autres ambitions que de s'occuper d'eux, aujourd'hui et demain. Il ratait souvent l'école. Sous couvert d'une santé fragile qui occasionnait de fréquentes pauses dans sa scolarité, il usait ses culottes courtes dans les prés, les étables et la bassecour. Et étrangement, il guérissait au contact des animaux.

Courir était un pur bonheur dans l'immensité du Domaine. Je redécouvrais à chaque fois ce lieu qui était *mon chez-moi*. Des champs à perte de vue d'un côté, de l'autre une forêt dense. Un grillage haut ceinturait l'ensemble, surmonté par endroits de boudins de barbelés. Des panonceaux alertaient « *attention danger – propriété privée* ». C'était censé ficher la frousse, repousser les curieux, mais ça n'empêchait pas les intrépides aventuriers de tenter une incursion en terre inconnue. Ça pouvait tourner au vinaigre si, par malheur, ils tombaient nez à nez avec l'un des hommes de la tribu. Un jour, un adolescent, à la suite d'un pari idiot, s'était introduit en s'agrippant à des branches. N'était pas Tarzan qui le décrétait. En se recevant au sol, il s'était salement foulé une cheville. En vrac, dans un talus près de l'entrée principale, il larmoyait sa stupidité. Très vite, les chiens avaient rappliqué, reniflé, aboyé à son visage, pour finir par l'épargner (ils n'étaient pas méchants pour deux sous, juste d'affreux gueulards). Alerté par le raffut, André avait alors aboulé, braillé, sermonné vertement le gamin. Le traînant par le colback, sa cheville avait morflé à chaque avancée laborieuse sur le chemin cahoteux. Il avait cru son heure arrivée. Suppliant de lui laisser la vie sauve, il s'était pissé dessus au moment où mon oncle l'avait jeté hors de la limite de propriété. Le doigt pointé sur lui, il l'avait menacé de lui tordre le cou si d'aventure il remettait ça. L'imprudent n'avait pas demandé son reste, repartant à cloche-pied, le long de la route communale.

La civilisation crépitait à dix kilomètres, elle nous prenait pour des illuminés, une bande sectaire farfelue. Les blablas allaient bon train. Seule Gigi plaisait ou n'effrayait pas. Elle ralliait les suffrages, attirait, séduisait. Nombreux étaient ceux qui se pressaient au salon pour se faire tailler, teinter, coiffer les cheveux, simplement ou en chignon, pour les jours ordinaires ou les grandes occasions.

Un ciel laiteux à la clarté hivernale laissait percer un timide soleil. Une douce luminosité enrobait le paysage d'éclats mordorés. J'espérais (ardemment) la neige depuis le commencement de décembre, mais pas le moindre flocon en vue. L'envie de plonger mes doigts dans la blancheur givrée me démangeait. J'aimais le bruit de mes *moonboots* qui s'enfonçaient dans le craquant du sol verglacé pelliculé de poudreuse.

Malgré mes bourrelets et ma lourdeur, je n'étais pas trop ridicule. La foulée élastique, j'ai enfilé les kilomètres sur la mélodie de Bowie, *Young Americans*, remise trois fois de suite. Depuis le début de mon régime, un an auparavant, j'avais démarré la course, la danse et la musculation, pour raffermir mon corps amaigri et endurcir mon cœur. Du coup, poursuivre l'activité physique s'est avéré une évidence. Impossible de renoncer à ses bienfaits. Le grand air, l'effort, les endorphines déversaient en moi une vague de bien-être que je souhaitais conserver âprement. Peut-être que cela atténuerait ma sempiternelle gourmandise mêlée de goinfrerie. Je maintiendrais aussi le moment douloureux de la pesée sur la balance, mais une fois par semaine, au lieu de quotidiennement. C'était bien suffisant.

Mes quarante minutes s'achevaient. De retour à la maison, maman m'a fait signe de les rejoindre, elle et Rosario Félix.

Merde, il n'était pas parti.

Où était-il passé entre-deux ? Sans doute en furetage discret dans les méandres de la propriété.

Elle n'avait pas les menottes aux poignets, j'ai été rassurée.

6

La buée recouvrait les verres de mes lunettes. Je n'y voyais rien. Je me sentais stupide. Je détestais prêter le flanc à la raillerie facile. Mon physique était déjà à lui seul une fichue croix à porter. J'ai alors pris un air assuré, en les essuyant avec un pan de mon pull. Ah ! j'y voyais encore moins avec ma myopie. Dans mon champ de vision, noyé par un flou intégral, deux silhouettes, à touche-touche, s'épaississaient, les contours fondus dans l'atmosphère. Je n'avais pas eu le temps de discerner s'il y avait un éclat menaçant dans le regard du policier. Pas très futée la Romy.

– Alors comme ça, tu n'es pas au lycée aujourd'hui ? s'est-il enquis mollement.

J'ai remis mes lunettes. Il m'est apparu soudainement, avec ce sourire carnassier, cette pupille perçante, ces sous-entendus. Hum… Qu'était-il opportun de répondre à cette question, *a priori* anodine ? Maman est venue à mon secours, en m'attirant à l'intérieur.

– Elle est patraque, j'ai préféré qu'elle reste à la maison. Tu sais ce que c'est, Rosario…

– Non, quoi ?

– Les ados n'en font qu'à leur tête. Pas toujours très au fait de ce qui est bon ou pas.

– C'est sûr que courir par 3 °C en plein hiver, ça tue les microbes ! a-t-il ricané d'un ton sarcastique.

– Oui, j'en conviens, ça n'est pas bien malin. Mais, Romy fait un régime depuis un an et s'est mise au sport. Elle ne veut s'arrêter pour rien au monde. C'est important pour sa santé mentale.

Il a dodeliné un visage compréhensif. Puis, nous a suivies à l'intérieur, dans la cuisine. L'angoisse a enflé dans ma gorge. Impossible de dire pourquoi, mais la présence d'un policier un premier jour d'école buissonnière ne présageait rien de bon. S'il n'arrêtait ni Edison ni maman, alors qui ? Moi ? Non ?! Pas moi ? Pas pour si peu ? Ça n'était pas juste… Je n'avais rien fait de mal… En plus ça n'était pas mon idée. Je devenais pleutre. C'était moche. La culpabilité cuisait mes pommettes, heureusement les effets du footing pouvaient encore le leurrer. Je devais parvenir à tempérer les battements de mon cœur. Suivre l'exemple de maman qui endossait les habits de la belle indifférente.

Elle a fait chauffer une bassine d'eau chaude, y a saupoudré du gros sel et m'a intimé l'ordre d'y plonger mes pieds nus. J'ai obtempéré sous les yeux de la police locale. Une épaisse couverture sur les épaules, autour du cou. Surtout ne pas prendre froid après l'effort, alors que je dégoulinais littéralement sous les aisselles et entre les seins.

Il m'a observée.

Gigi a ôté mon bonnet pour me coiffer. Sans doute une façon de nous donner une contenance complice. Quant à lui, Rosario Félix est resté impassible face aux surprenants rituels opérés par ma mère.

– Tu connais Greta Sanchez ? a-t-il demandé.

Je me suis raidie sur ma chaise en formica, les pieds gonflés dans la bassinoire salée. Maman a accroché sur un nœud, m'a tiré les cheveux. Aïe ! J'ai grimacé, réprimant un imperceptible cri sourd.

– Oui, elle est dans ma classe.

– Elle est sympa ?

– Non, ai-je dit après un moment de réflexion, la vérité me semblait préférable, ne sachant pas trop vers quoi (ou qui) il dirigeait ses questions.

– Pas sympa comment ? a-t-il insisté.

– C'est une garce qui tyrannise tout le monde.

Extirpant une photo de la poche intérieure de son complet, le policier l'a déposée sur la table devant moi.

– Cet endroit, tu connais ?

J'ai senti qu'il scrutait la moindre de mes réactions. C'était troublant. Déstabilisant. Alarmant. L'envie d'écarquiller les yeux, d'ouvrir la bouche, de me gratter le cuir chevelu m'a démangé, j'ai pris sur moi, j'ai intériorisé tout ça du mieux que je pouvais, ça n'était pas une bonne idée d'accentuer l'air coupable dont je ne parvenais pas à me défaire, un peu comme le chewing-gum englué sous la semelle. Alors, j'ai fixé le cliché, fermement. Me suis appliquée à bien observer ce qui au premier coup d'œil ne me disait rien du tout. Une (vulgaire) cabane de jardin sous un gigantesque sapin, la porte béante de guingois, un carreau brisé. Une atmosphère effrayante s'en dégageait.

Gigi a tendu le cou au-dessus de ma tête pour voir de quoi il s'agissait. Elle a grimacé son incompréhension. Puis, a noué mes cheveux en tresse avant de les entortiller en chignon.

– Non, ai-je répondu avec une sincérité désarmante.

Pourquoi me posait-il ces drôles de questions ? Et pourquoi ne s'adressait-il qu'à moi ? En même temps, je tentais de me rassurer en me le remémorant avec Edison, puis maman. Sans doute qu'entre-deux, il avait interrogé les autres membres de la famille. Alors, forcément, venait mon tour.

– C'est la cabane qui se trouve dans le jardin des Sanchez.

– Ah…, ai-je marmonné, déconcertée.

– Greta y a été retrouvée ce matin en hypothermie, ligotée et bâillonnée.

Cette fois-ci, je me suis glacée d'effroi. Je n'ai pu réprimer la mécanique d'ouverture de mes yeux simultanément à ma bouche. Maman a enfoncé ses ongles dans la chair de mes épaules. Malgré les couches de vêtements, conjugués à la couverture, j'ai couiné sous la douleur incisive.

– Elle est à l'hôpital, dans un état critique.

7

– Mon Dieu ! a miaulé maman, horrifiée. Elle va s'en sortir ?

– Difficile à dire. Elle a passé deux nuits et deux jours dehors avant d'être localisée. Avec les températures hivernales actuelles, elle a beaucoup souffert.

Après la stupéfaction, une onde de panique m'a envahie. L'un de mes genoux s'est mis à trembler de façon désordonnée et incontrôlée. D'une main ferme, j'ai fait cesser les soubresauts. Des suées me grignotaient les tempes. L'effarement me picorait les chairs. Je devais me ressaisir, faire bonne figure et donner le change. En même temps, je n'arrivais pas à m'apitoyer sur le sort terrible dont avait été victime Greta Sanchez. Elle n'avait que le juste retour de ses actes. Elle terrorisait tout le monde au lycée, dans la cour, dans ma classe. Elle *me* terrifiait depuis des mois. Et la seule évocation de ce tyran me donnait envie de vomir.

Silencieuse, j'ai entrepris de sécher mes pieds, boursouflés par l'eau salée. J'ai enfilé mes chaussettes, me suis remise sur mes guiboles flageolantes, debout. Le besoin de m'éclipser de la cuisine me tiraillait. Mais je savais au fond de moi que ça n'était pas une idée des plus fameuses.

– Un café ? Un thé ? Un petit remontant ? a proposé maman.

– Jamais d'alcool pendant le service.

Je me suis liquéfiée d'effroi, il n'était donc pas ici par hasard. À deux doigts de me pâmer, j'ai pris l'option de boire à la bouteille, d'une traite l'équivalent de deux grands verres d'eau. Il me fallait faire un truc, n'importe quoi, pour tempérer mes nerfs. Ensuite, je me suis essuyée d'un revers de la manche. Ça n'était pas des plus élégants, mais très efficace.

– Romy ?! a râlé maman. Qu'est-ce que c'est que ces manières, voyons !

– Un café ne serait pas de refus finalement.

Il temporisait, prenait son temps, pour mieux nous endormir. Surtout moi. Une technique infaillible, apprise sur les bancs de l'école de police. Sa paupière gauche a plissé sur son œil de kapo. Lentement. C'était flippant. J'ai évité de le regarder. L'angoisse me tétanisait.

Maman s'est affairée à lui préparer un expresso en guise de diversion. Un voile de candeur s'est posé entre eux, absorbant les tensions. Elle irradiait de bienveillance, un sourire radieux accroché aux lèvres.

– Romy, as-tu une idée de ce qui aurait pu se passer ?

Spontanément, j'ai gloussé. Le front strié d'un champ de ridules, une pastèque s'est coincée dans ma gorge. Cette fois, j'étais écarlate. Faire diversion m'a paru vain, même si l'ancestrale gazinière déversait sa chaleur, à la limite de nous cuire le visage. Ce délicieux moment de plénitude, qui suivait le footing, était irrémédiablement contrarié. Tout comme moi. J'aurais donné cher pour être au lycée à cet instant-là. Redevenir invisible, anonyme, tranquille, jouir d'une paix royale. Me boucher les oreilles, ne plus endurer les tirs nourris des questions déstabilisantes de Rosario Félix. Au demeurant sympathique. Il venait se faire couper les cheveux ici, prétexte tout trouvé pour approcher la sublime Gigi Lavoine, offrir son crâne à ses mains expertes, savourer une proximité temporaire. Ma mère faisait tourner la tête à plus d'un homme dans la région. Je savais qu'il en pinçait pour elle. J'avais capté les regards à la dérobée, discrets, curieux, envieux, les non-dits lourds de sens, les mots englués, impossibles à prononcer, les gestes repris à peine amorcés, sa gêne ou son trouble parfois. Il ne s'était jamais dévoilé, raison gardée, le renoncement s'était avéré préférable, même si personne n'était dupe au Domaine. La solidité de l'étrange trio amoureux avait définitivement terrassé ses espérances. Au village, on disait qu'il avait entretenu plusieurs liaisons avec des femmes de la région, qui n'avaient pas survécu aux trois premières années et aucune ne l'avait conduit à l'autel. Néanmoins, je me suis demandé si l'émotion affleurait en sa présence ou bien si toutes ces années avaient tué le désir.

– Romy ? a-t-il répété alors que je m'égarais dans le dédale de mes pensées.

– Pourquoi diable aurais-je une idée ?

– C'est vrai, a tempêté maman. Pourquoi aurait-elle une idée ? Ta question est bizarre ! Comment doit-on l'interpréter ?

– Comme une simple interrogation, rien de plus. Je cherche à comprendre. Je vais auditionner toutes les personnes qui ont vu Greta Sanchez ces derniers jours.

– Elle n'a pas dû croiser grand monde en dehors de ses proches, ai-je précisé, puisque nous étions en vacances de Noël pour deux semaines. Tous repartis dans nos familles.

– C'est exact !

Il a bu son café brûlant, tout juste esquissé une moue, reposé la tasse sur le coin de la table. Le tic-tac de l'horloge a claqué, rebondi. Silencieuses, nous étions suspendues à ses lèvres. Je désirais plus que tout prendre une douche, laver la sueur de mon corps, enfiler des vêtements propres, *passer* à autre chose. Oui, surtout passer à autre chose. Allait-il nous faire mariner longtemps ? La fraîcheur du vieux carrelage s'est infiltrée au travers de mes chaussettes. J'avais froid aux pieds. Machinalement, j'ai resserré la couverture autour de mon cou.

– Tu dis que Greta Sanchez est un tyran. Peux-tu m'expliquer ? Me donner des exemples de ce qu'elle vous fait subir ? Aux lycéens ou à toi ?

Figée, la gueule hideuse du monstre blond m'est apparue. Brutale. Un ressac boueux charriait les horribles souvenirs, les mauvais tours, les méchancetés blessantes distillées en perfusion, les coups feutrés, mais réels, incisifs, les sévices qu'au début je me refusais d'admettre.

Greta Sanchez excellait dans la torture insidieuse, hors de la vue des autres. S'il n'y avait pas eu Dylan, mon meilleur ami, ma parole n'aurait pas valu grand-chose, on m'aurait traitée de folle. Surtout au début.

– Rosario, a imploré maman. C'est douloureux pour Romy ! Ne peut-on pas éviter de ressasser tout ça ?

– Non, malheureusement, a-t-il dit avec une douce fermeté. C'est peut-être une des raisons de son agression ? Se venger en retour de ce qu'on a enduré.

– Tu sous-entends ? a-t-elle fait, effarée.

– Rien, je ne sous-entends rien. J'essaie de comprendre.

Des origines scandinaves accentuaient sa silhouette de Viking. Greta était massive, vilaine, froide. Une tête carrée plantée sur un cou aussi large qu'épais. Bestiale dans sa façon d'être, de s'exprimer, de se mouvoir. Un regard métallique, tranchant. Un rictus haineux pinçait ses mâchoires. Sa seule présence dans les couloirs du lycée me tétanisait. Même son ombre féroce me fichait les chocottes et me poursuivait dans mes nuits agitées. Dylan disait qu'elle devait avoir un côté autiste et que, sans doute, son agressivité était décuplée par notre répulsion ou notre aversion viscérale à son encontre. Il devait dire vrai, mais j'avais bien assez à me coltiner ma cellulite, mon mal-être, sans gérer celui des autres. Alors, revêtir des gants avec quelqu'un qui prenait un malin plaisir à me martyriser était au-delà de mes forces. Je la détestais.

Rosario me couvait à présent d'une attention encourageante. J'ai reniflé mon amertume dans ma main, pensant la faire passer, mais elle est restée collée dans mon estomac à me soulever le cœur. Indéniablement, j'avais une peur bleue de cette fille. Tout est remonté à la surface, en bloc nauséeux. Les cauchemars en boucle, les larmes cachées dans l'oreiller, la boule d'angoisse à peine la porte du lycée franchie, ma détresse maladive ayant enchaîné les malaises. Tout a ressurgi, éclaboussant ses grelots de douleurs, ses pétards acrimonieux. S'il n'y avait pas eu Dylan, j'aurais flanché. J'aurais cherché à faire cesser ce calvaire. *Comment ?* Tant d'idées moches m'avaient traversé l'esprit : me venger, la torturer, la blesser atrocement, la mutiler, la tuer, me tuer. Les scénarios les plus gores avaient germé, aux antipodes de ma personnalité profonde. J'étais une fille gentille, au sens noble du terme.

– Alors, bien sûr, elle m'a traitée de toutes les insultes du genre, « *grosse vache* », « *mammouth répugnant* », « *sale truie* », et j'en passe. La grossophobie dans toute sa diabolique cruauté, celle qui rappelle que les gens ne vous aiment pas à cause de votre physique ou que vous les dégoûtez d'un seul regard. Je suis *grosse*, tout autant que je suis une fille, petite ou myope. En soi, ça n'est pas gênant de me définir en tant que « *grosse* » puisque c'est une réalité, *ma* réalité. Passe encore ce genre d'injures stupides. Ça peut glisser sur moi. D'autant qu'avec le temps, j'ai érigé une carapace dans les alvéoles de ma cellulite. Grâce à maman, à ma famille, à Dylan.

Les mains de Gigi étaient revenues se nicher dans la soie capillaire de mon crâne. Elle m'a massé le cuir chevelu avec tendresse. Elle faisait ça pour éponger ma souffrance. Depuis toujours, depuis petite. Un long moment parfois quand les larmes ne tarissaient pas. Ce truc fonctionnait à tous les coups. De la pulpe de ses doigts agiles, ma peine était malaxée, aspirée. Mes blessures disparaissaient, se volatilisaient.

Maman était une magicienne.

L'envie de fermer les yeux m'a saisie. Tout simplement. De lâcher prise. Oublier la présence de Rosario Félix, son interrogatoire, l'atmosphère oppressante. Il me fallait vraiment me doucher. Vite. Récurer mon corps, étriller mes bourrelets, calfeutrer la boulotte dans une carapace insubmersible.

Le spectre de Greta Sanchez a tournoyé encore devant moi. J'avais mal au bide à revivre ces évocations pénibles. Me remémorer l'indifférence des professeurs, celle de Mauricette Leblanc, la principale, qui n'avait de cesse de m'abreuver de bons mots rassurants. Ça allait passer. Ça n'était pas si grave, voyons. Je me faisais des idées, j'exagérais, forcément. Elle en avait de bonnes, elle ne discernait jamais rien, ne constatait pas les méfaits, même vaporisés sournoisement dans la classe. Elle minimisait l'évidence. Bien plus miro que moi pour le coup. Par deux fois, j'avais rassemblé mon courage afin de lui avouer les mauvais tours de Greta. Avec Dylan qui me soutenait dans mon dos. En vain.

– Un jour, le prof de maths a distribué des polycopiés. Il parlait toujours tellement qu'il n'a pas fait attention à ce qu'il y avait sur la page de garde. Ce sont les rires goguenards des premiers rangs qui l'ont amené à réagir.

J'avais les feuillets dans les mains. J'étais horrifiée, humiliée. Une photo en noir et blanc me montrait nue comme un ver grassouillet. L'affront m'a coupé le souffle, cisaillé les jambes. C'était monstrueux à vomir. Devant toute la classe hilare. Je suis partie en courant, la honte chevillée aux tripes, me réfugier aux toilettes. Et pleurer toutes les larmes de mon existence.

Gigi a soupiré, elle savait déjà tout ça. L'entendre à nouveau lui brisait le cœur une énième fois. J'ai ressenti son émotion affluer vers moi. L'envie de me serrer dans ses bras, de me tenir fort contre elle, de me cajoler, de m'affirmer que j'étais plus belle et lumineuse que la méchanceté du monde, me (re)dire que j'étais une fierté immense, qu'elle m'aimait si fort que l'univers ne suffirait pas à contenir l'explosion de ses sentiments.

– Elle lui a infligé des horreurs. On ne va pas repasser l'ensemble. C'est inhumain pour Romy.

– Je comprends, a répondu Rosario Félix. C'est terrible ce que tu as vécu. J'ai bien conscience que Greta Sanchez n'est pas quelqu'un de bien. Vous êtes visiblement plusieurs à avoir subi du harcèlement, des brimades ou des humiliations. Ça peut fournir une bonne raison de se venger.

– Non ! a hurlé Gigi. Nous ne sommes pas ainsi. Pas dans cette famille, même si notre bizarrerie peut le laisser supposer. La loi du talion n'est pas dans notre ADN. Nous aboyons fort, mais nous ne mordons pas !

– Vraiment ?! Te concernant, peut-être. Et je suis prêt à te croire, Gisèle, mais les autres ? Ton frère ? Pablo ?

N'en seraient-ils pas capables, dans l'unique but de protéger Romy ?

– Non, a-t-elle répété. J'ai signalé ces maudits agissements à l'école.

– Qu'ont-ils fait ?

Un silence pesant a éclaté. La chaleur devenait étouffante dans la cuisine. Des perles de sueur mouillaient son front. Elle s'est essuyée d'un revers de main, a baissé le débit de la gazinière et s'est retournée pour balancer l'amer constat.

– Rien, on attend encore. Enfin si, ils l'ont interrogée. Bien sûr, elle a tout nié en bloc, allant jusqu'à mentir, avec son air d'innocente faussement attardée.

Je revoyais l'échange stérile avec Mauricette Leblanc (dans son bureau), Gigi et mon oncle André. Compatissante, la principale nous avait assuré prendre la mesure de la situation, mais, sans flagrant délit, il était difficile d'agir. C'était ma parole contre celle de Greta Sanchez. Pas grand-chose en somme. D'ailleurs les parents de cette dernière avaient carrément menacé de porter plainte à la police si les accusations perduraient. L'Éducation nationale avait fait preuve de frilosité. Et l'ensemble était resté lettre morte. Le tyran en jupons pouvait continuer d'œuvrer en toute impunité. Alors, je me bouffais les sangs tous les matins à l'idée de devoir aller à l'école. À me rendre malade. Recherchant l'idée de génie me permettant de me morfondre au fond de mon lit. Surtout les derniers mois de l'année. Sa méchanceté s'était accentuée, les vexations, les offenses.

J'étais clairement son souffre-douleur. Et c'était devenu insoutenable.

– Justement, Romy, Pablo ou André auraient pu souhaiter régler le problème une bonne fois pour toutes.

Il avançait sur des œufs, pesant chacun de ses mots, mais sa pensée formulait des doutes, des interrogations.

– Rosario…, a-t-elle gémi, désabusée ou déçue. Je t'en supplie, n'imagine pas une chose aussi laide. Même acculés, nous ne ferions pas ça ! Même si (entre nous) elle mérite une bonne correction qui lui passerait l'envie de faire souffrir les autres. Greta Sanchez a été ligotée, bâillonnée et abandonnée à un sort terrible dans cette cabane de jardin en plein froid hivernal. Pas nous. Nous ne sommes pas inhumains, nous ne sommes pas comme tous ces autres. Nous sommes différents. Nous ne sommes pas des monstres. Sans doute que notre gentillesse perturbe, déstabilise, mais elle est vraie et sincère.

On avait l'impression qu'il buvait l'âme de maman. Sa bienveillance et sa générosité s'engouffraient en lui. Il a déposé sa main en coupe sur la sienne, elle a frémi et l'a retirée aussitôt. Épouvantée. Elle ne pactisait pas avec les indigents. Blessée des insinuations infusées dans son questionnement « *de flic* ». Un ami de surcroît. Un homme qui l'avait courtisée en son temps, à deux doigts de le faire encore. Un homme qui avait tout son respect.

Percevant son repli, à peine voilé, il a mis un terme à l'entretien. Il nous avait déjà bien chahutées. Demain ou le surlendemain, il reviendrait, il reprendrait la discussion. Il préférait que ce soit lui, plutôt qu'un autre policier. Nous parler, nous interroger, tenter de faire la part des choses.

Maman a compris, esquissé un rictus poli, gardé le silence.

J'ai regardé mes chaussettes, mes pieds transis de froid. Je voulais qu'il fiche le camp, qu'il cesse ces maudites questions, oublier ces épisodes pénibles de mon adolescence, me plonger sous une douche brûlante, laver ma souffrance, redevenir la joyeuse et insouciante Romy. Et mettre *Heroes* à fond en me trémoussant sous le rideau de pluie dans ma nudité à la Botticelli.

8

– Romy, ma chérie, a fait maman, alors que je glissais entre ses bras.

Il me fallait partir au plus vite. Fuir. L'air devenait suffocant. Surtout m'écarter de sa tendresse encombrante que je ne souhaitais pas. Pas à cet instant précis. Qu'elle dégage avec son amour maternel !

L'invisibilité et l'oubli étaient mes seules préoccupations.

Rosario Félix s'en est allé par la grande allée de la propriété. De dos, il portait la menace d'une vie où l'innocence était brutalisée. La marque de la violence et de l'errance en plus.

La musique tournait à fond sur « *we can be heroes, just for one day* ». Je suis entrée dans la douche, sous le regard désabusé de mon chat. Le jet d'eau a déversé sa pluie drue sur mon crâne et mon corps. La température extrême a rougi ma peau. Je me suis forcée à tenir le plus longtemps possible, comme dans les paris fous entre gosses. « *T'es même pas cap ! – Si, tu vas voir, j'suis cap !* » Soudainement, un hurlement s'est extirpé de ma gorge avec une puissance dont je me croyais incapable. Il mêlait tout, la brûlure de l'instant et la souffrance passée. J'ai finalement modulé la chaleur pour que ça soit supportable. Les pleurs ont jailli de mes yeux. Une triste poltronne qui faisait dans son froc. Je n'étais guère mieux. Je me débectais. Plus encore que cette enflure de Greta Sanchez. Impossible de me regarder en face dans le miroir. Entravée par tout, la myopie, les flaques d'eau, la condensation…

L'envie de retrouver mon père m'a saisie. Une fulgurance, une évidence, un besoin vital. Celui que je n'appelais jamais papa, mais Pablo ou bien « *el grande* ». L'artiste de la famille. La gueule et les éclats de voix d'un Ibère andalou. Du sang espagnol dans les veines, un grand-père paternel né à Malaga. Il n'en fallait pas plus pour le conforter dans sa ressemblance spirituelle avec l'immense Pablo Picasso. Il en était excessivement fier. Mais il ne se revendiquait pas le talent, non, au contraire, il souffrait de n'être qu'un « *moins que rien* » selon ses termes, « *une pâle figure cubique* ». Son art n'était pas mineur, il était minable, même s'il livrait ses tripes, son âme, usant ses jours et ses nuits à réaliser une œuvre (tout juste) potable ou qui lui octroyait une once de satisfaction. Ancien soudeur à l'usine, il avait fait ses premières armes d'artiste sous forme de sculptures en métal et de toiles après avoir rencontré sa muse à Paris. Gigi, émerveillée, l'avait encouragé. Mon oncle, enthousiaste, avait tout financé de ses deniers personnels. Tous deux croyaient en lui. Un talent brut scintillait dans ses créations, à ciseler par le travail. Même André (sous couvert de ses sempiternelles critiques qui n'avaient d'objectif que de l'aiguillonner, débusquer les carats sous la croûte) s'échinait à dénicher des acheteurs, avec une ferveur étonnante. Jamais, il ne l'avouerait devant Pablo. C'était d'ailleurs devenu un jeu, une joute verbale pour stimuler le cœur orgueilleux de l'artiste.

Emmitouflée dans une épaisse robe en laine, j'ai dévalé l'escalier comme si ma vie en dépendait. J'ai feint de longer les murs, mais rien à faire. Maman m'a alpaguée au passage.

– Hep, hep, hep !

Elle n'a pas insisté outre mesure, percevant mon besoin criant d'isolement. La tristesse a scintillé dans son regard. Elle m'a tendu un plateau.

– Tu veux bien porter le déjeuner à Pablo et lui dire que je l'aime ?

D'un sourire las, j'ai acquiescé, puis filé dans le couloir, qui conduisait au bout de la ferme. La grange, aménagée en atelier gigantesque, était à la démesure de mon père. Une hauteur de plafond de six mètres, avec un palan, des cordages par dizaines, des rouages mécaniques ou des manivelles pour alimenter les folies de ses sculptures monumentales ou de ses toiles géantes et lui permettre de se mouvoir en quasi-liberté dans tous les sens. Victime d'un stupide accident de la route, il avait perdu l'usage de ses jambes (et de sa virilité).

Ce jour-là, il s'était pris le bec au boulot pour une soudure bâclée par le jeunot qu'on lui avait collé dans les pattes. Sous prétexte qu'il excellait dans l'art de fusionner les métaux à l'usine, le chef d'atelier lui refilait les apprentis, et celui-là particulièrement maladroit se révélait susceptible. Les remarques accueillies en reproches avaient tourné au vinaigre. Le ton avait monté, les portes avaient claqué et, empoignant son énervement, il était reparti au volant de sa voiture. Trop vite, il roulait trop vite. L'esprit échauffé, il avait oublié la priorité, qu'il connaissait pourtant par cœur. Il empruntait cette route matin et soir pour se rendre à l'usine. L'autre véhicule s'était encastré dans l'avant du sien, sur le flanc droit, lui broyant les jambes. Entre l'instant où il avait compris et le choc, un dixième de seconde s'était écoulé. Trois fois rien, mais d'une violence inouïe et définitive dans sa vie. L'expression désespérée de la vieille dame l'avait percuté en pleine gueule. Cette sensation d'horreur où l'on comprenait que le drame était sur le point de les faucher net. Miraculeusement saine et sauve, la conductrice n'en était pas moins dévastée par l'accident. Elle culpabilisait de son infirmité. Elle avait bien tenté de le rencontrer à l'hôpital. Lui parler. Sa conscience recherchait l'apaisement pour son âme. Mais Pablo, démoli, s'y était refusé. Enferré dans un mutisme de souffrance, c'était au-dessus de ses forces de l'imaginer sur ses jambes alors que les siennes ne le portaient plus. Même s'il ressentait encore des douleurs fantômes dans les cuisses, les mollets, les pieds, les orteils. Il n'y avait pourtant plus que du vide qui pesait un âne mort dans chaque guibole. Et l'injustice lui déchiquetait le cœur.

Cloué dans un fauteuil, tout lui était apparu insurmontable (à la limite de se tirer une balle dans la cervelle), mais mon oncle (sa fortune et sa ténacité) avait redonné des ailes à l'artiste. L'argent ne faisait pas tout, mais il contribuait grandement au résultat, André avait tout conçu avec lui, autour de lui, en fonction de ses besoins, ses envies folles, et fait réaliser cet atelier sur mesure.

D'ailleurs, à mon arrivée, Pablo était suspendu dans le vide, enserré dans un harnais. Tout de noir vêtu, un casque à soudure vissé sur la tête, son bras était armé d'un chalumeau. Il s'affairait à fixer un pieu dans la main ailée d'un hibou de trois mètres de hauteur. Un halo d'étincelles jaunes éclaboussait le plafond, grésillait bruyamment et dégageait cette odeur si particulière de métal chauffé.

Sur un pan de mur, une toile blanche accueillait une brève vidéo en boucle. Sa nouvelle lubie depuis quelques semaines. La traversée du Rubicon par les sculptures sous-marines de Jason deCaires Taylor, au musée de Lanzarote. En marche, sous une nuée de poissons. Les corps étaient peu à peu colonisés par la flore marine. Inattendu et d'une beauté à couper le souffle.

Nous n'avions pas la mer au Domaine, mais Pablo, jamais à court d'idées (à sa démesure), avait décidé de faire un projet équivalent en parsemant ses œuvres dans la forêt, couplées à des éclairages solaires. La nuit dardait ses ombres fantomatiques ou le lever du jour accentuait les expressions blafardes, les mouvements angoissants sculptés dans le métal. Le rendu était percutant. Pire encore, lorsque les rafales de vent secouaient les branches, griffaient le ciel, ébranlaient les feuillages, le sentiment de nager en plein film d'épouvante saisissait à la gorge. Le dessein d'en faire un musée à ciel ouvert avait germé dans son esprit torturé. Accueillir des visiteurs, faire payer l'entrée. Mon oncle était séduit, le projet prenait doucement forme, au gré des nouvelles créations de statues monumentales. Il y avait encore du boulot. L'œuvre d'une vie.

– Pablo ! ai-je hurlé en déposant le plateau sur une table, jonchée de bouts de métal, d'écrous et de vis.

Puis, j'ai sautillé, agité le bras, crié à nouveau, pour attirer son attention dans le raffut ambiant. À la limite du grotesque, mais je m'en fichais. D'autant que, tout à son art, sa concentration était à son paroxysme. Plus rien n'existait autour de lui.

Il a fini par couper son infernal chalumeau, remonté la visière sur le haut de son crâne. La chaleur extrême et la tension créative le faisaient dégouliner de sueur. Ses cheveux noirs collaient en épais spaghettis à son front. M'apercevant, il a baragouiné que ce n'était pas le moment. Agacé, il était aux prises avec cette délicate soudure. Il devait terminer avant tout autre chose.

– Pablo ?! ai-je imploré. S'il te plaît ?!

– Non.

– Si…

– …

– Et tu dois manger un bout.

J'avais constaté qu'il n'avait rien ingurgité de son petit-déjeuner. Laissé en plan dans un coin. Un artiste jeûnait quand l'inspiration bouillonnait au point de l'envoûter, sans pouvoir s'arrêter de s'atteler à son œuvre. Surtout ne pas briser le flux créatif, cette manne incroyable qui jaillissait d'un coup pour se tarir tout aussi vite. Pablo se révélait sacrément endurant, malgré son handicap. Travailler quinze heures d'affilée, sans rien avaler, que ce soit liquide ou solide, ne l'effrayait pas. Une force de la nature dotée d'un tempérament de feu.

– Pablo !

Je me suis égosillée à nouveau, à la limite de fondre en larmes.

Sans doute a-t-il perçu ma détresse dans la stridence de mon cri qui fusait jusqu'à lui. Je n'aurais quitté les lieux pour rien au monde. Non. J'avais besoin de lui. Là maintenant. C'était viscéral. Crucial.

Intuitivement, il a dû le sentir. L'animalité s'infusait dans notre relation. Nous n'avions pas les mêmes gènes, le même ADN, le même sang, mais nous étions faits du même bois.

Remisant son chalumeau dans son dos, il a tiré sur les cordages, s'est balancé dans le vide, puis a actionné le palan pour descendre, lentement, jusqu'à son fauteuil roulant. La gymnastique n'était pas aisée. Ses jambes inertes l'encombraient, mais la robustesse de ses bras compensait. Il a détaché le harnais, s'est assis, ajustant son corps. Enfin, il a posé son casque, son attirail sur l'établi, relégué son âme d'artiste de côté et s'est approché. Le ronronnement électrique des roues a couvert la mélodie lancinante de la mer, celle du plongeur qui filmait en respirant par à-coups avec ses bouteilles d'oxygène. Les sculptures immergées s'animaient avec une musicalité apaisante. Totalement irréelle. La pression se dégonflait peu à peu.

– Que se passe-t-il Romy ?

Je n'ai pas su par où commencer. La confusion s'amenuisait alors que ses yeux m'offraient sa tendresse paternelle. Si douce.

– Tu dois manger si tu veux conserver les idées claires pour ton art.

– Foutaises ! On s'alimente quand on a faim, ça n'est pas mon cas. Un verre ne serait pas de refus en revanche.

Il avait aperçu la bouteille de vin. Un de ses péchés mignons.

Je me suis exécutée avec joie. J'aimais être avec lui. Des moments rares, mais intenses. Il passait sa vie dans son atelier, reclus passionné, avec la quête perpétuelle de réaliser un chef-d'œuvre. Sans jamais y parvenir (selon lui), ni être satisfait du résultat. Depuis l'accident, il s'étourdissait dans son art, dans son antre, pour survivre à son handicap, se prouver qu'il n'était pas mort, redonner un sens à son existence, briller dans les yeux de sa muse. Il aimait fiévreusement Gigi. La mécanique brisée, son cœur était pour ainsi dire amputé, son corps ne pouvait plus l'honorer. L'amour ne serait plus jamais le même, bancal, incomplet.

Mes lèvres ont souri, alors que ma main lui tendait le verre.

– Alors, ma chérie, que se passe-t-il qui requiert que je m'arrête en plein ouvrage, toutes affaires cessantes ?

– Bah, c'est le policier, Rosario Félix.

– Hum…

– Il insinue des trucs moches.

– C'est le propre de ces gens-là de prêcher le faux pour savoir le vrai. Rien de bien anormal.

– Mouais…, ai-je marmonné, en pirouettant sur mes talons.

Ma robe a crissé au rythme du bruit de l'eau, mes bras ont décrit d'élégantes arabesques. J'ai tenté de figer le temps, de l'aspirer d'un mouvement, de l'emprisonner entre mes doigts. Impossible. Il filait à toute allure. Mes jambes se sont stabilisées, enroulées l'une contre l'autre, sur la pointe des pieds. Ballerine d'un jour.

– Tu es ravissante.

J'ai rougi. L'odeur de soudure tiède flottait à mes narines.

– Et pourquoi ces insinuations ?

– À cause de cette garce. Greta Sanchez. Celle qui me persécute au lycée. Elle a été retrouvée à moitié morte dans la cabane de son jardin. C'est bien fait pour sa gueule !

À l'aide d'un chiffon, il s'est essuyé le visage humide de sueur. Ses yeux n'ont pu trahir une fugace stupéfaction. Il a sifflé son vin d'une traite, avant de taper du poing sur le rebord de son fauteuil.

– C'est bien fait pour sa gueule ! a-t-il vitupéré.

– Elle n'a que ce qu'elle mérite. Un juste retour de bâton !

– Mais, elle n'est pas morte ? Celui qui a fait ça a saboté le boulot.

– Il n'est pas dit qu'elle s'en sorte. Enfin, c'est ce que le policier laisse entendre.

– Hum…

– J'aimerais qu'elle claque et qu'elle aille croupir en enfer !

Puis, j'ai soupiré, réalisant l'horreur de mes propos. Mais une fois éructés, un soulagement instantané m'a étreinte. Je me suis sentie capable de les répéter en boucle, comme un mantra. De m'en étourdir.

Les yeux noirs de Pablo avaient le reflet de mon âme, à cet instant précis. Je m'y suis accrochée avec la folie du désespoir. Il était si beau. Sa peau esquintée avait l'illusion des terres brûlées espagnoles, celles d'Andalousie, arides et craquelées. Tannée par un soleil de feu intérieur, piquetée par les banderilles de l'alcool, cabossées par la passion volcanique de son art, de nous, sa famille. J'aimais caresser cette peau granuleuse de la pulpe de mes doigts. Elle racontait une histoire, m'emportait, me rassurait.

– Du coup, il sous-entend que nous y sommes pour quelque chose. C'est ça ?

– Oui, ai-je fait d'un hochement de tête. Enfin, surtout moi. Je serais *la* coupable idéale, en tant que principale bête noire de cette tordue. La vengeance, mon mobile. CQFD.

– Tu n'es pas la seule victime ?

– Je ne crois pas, mais je refuse d'aller en prison pour un crime que je n'ai pas commis.

Mon ton tonitruant a claqué. Volontairement. Avec Pablo, la théâtralité était notre mode d'expression. Du plus loin que je m'en souvienne, il m'avait toujours encouragée à m'affirmer, à verbaliser mes émotions ou les pensées les plus folles, troublantes ou dérangeantes qui me tourneboulaient. Mon surpoids, ma myopie, ma singularité, l'étrangeté de ma famille (qu'on nous ressassait au village) qui contrastait avec les autres plus conventionnelles, notre vie au Domaine. Gamine, je l'avais abreuvé de mes inépuisables interrogations métaphysiques sur « *pourquoi je suis moi ?* » (cet esprit dans ce corps, pas réellement raccord d'ailleurs) et « *pas autre* », cette pigne de pin putride, ce vilain scarabée luisant, ce canard boiteux, ce vieil âne pelé, le facteur chauve, la boulangère rougeaude ou même Dylan. Oui, pourquoi ? Je m'étais torturée à chercher des réponses qui jamais ne venaient. Mais lui ne cédait jamais à la lassitude de mes âpres réflexions.

Dès qu'on prenait la route dans le Combi Volkswagen pour des vacances sur les plages landaises, je scrutais la vie des autres, au travers des fenêtres des maisons ou dehors. Avec avidité, à m'en élimer la cornée. La nuit, les lumières éclairaient les différences que j'enviais. J'aimais rouler le soir, dans l'obscurité. J'appréciais de m'introduire ailleurs. Me glisser chez ces étrangers, un court instant, sur leurs épaules, percevoir l'existence dans le prisme de leurs yeux. Je ne m'épuisais pas de cette intrusion intime. Suivre les gens, leurs déambulations, leurs expressions, dans les villes, les villages, les rues, sur les trottoirs, les aires de repos, l'autoroute, à l'intérieur des voitures, aux terrasses des cafés, dans les parcs ou sur les plages. Tous ces autres me préoccupaient, m'interpellaient, me questionnaient. Autant que moi. Pourquoi avais-je cet amas de peau encombrant ? Ces bourrelets qu'on ne pouvait s'empêcher de tripoter, comme pour mieux réaliser qu'on n'avait pas rêvé ? Pourquoi n'avais-je pas été modelée à l'économie ? Quel gâchis toute cette peau qui aurait pu servir à un autre. Peut-être d'ailleurs n'avait-il pu voir le jour faute d'écorce charnelle suffisante. Je faisais sourire mon père avec mes pensées farfelues. Jamais il ne me raillait, non, tout pouvait s'énoncer. « *Tu es un astre qui illumine le monde, une palette de couleurs inépuisable, et plus encore, tu es ma fille.* » Il me répétait cette phrase à l'envi, ça calmait mes angoisses. Mes yeux inquiets dressés vers lui, je ne l'en aimais que plus.

Je me suis jetée sur le lit médicalisé, à plat ventre, en appui sur les coudes. Nos esprits alignés, presque au même niveau. Il s'amusait de mes acrobaties. J'étais en perpétuel mouvement.

– Si ce n'est toi, alors qui ? a-t-il demandé, en se servant un deuxième verre de vin.

– Toi ?

J'ai sondé son âme. Elle brillait avec intensité, ne cherchait pas à fuir.

– Tu tuerais pour moi ou maman, tu me l'as dit un jour.

– Un jour où j'étais ivre, sans doute.

– Non, tu étais totalement sain de corps et d'esprit.

– Mais elle n'est pas morte.

– Elle est mal en point.

– Et comment aurais-je procédé ? Ma chérie, pour parvenir à mes fins, la victime doit obligatoirement être introduite ici, dans mon atelier. Là en effet, je peux la zigouiller, lui fendre le crâne, lui planter le pieu de mon hibou dans le cœur, l'accrocher à une esse par les omoplates et la vider de sa morgue. Mais à l'extérieur, je suis un bien piètre assassin.

– Hum…, ai-je marmonné, la bouche tordue. C'est sûr que ça semble impossible.

– Et d'ailleurs que lui a-t-on fait exactement ?

J'ai roulé sur le dos, la tête penchée en arrière, les cheveux dépliés en corolle. L'ennui me gagnait, la déception n'était pas loin. Il y avait suffisamment d'espace dans la tanière de Pablo pour m'en extraire un labyrinthe et y glisser la nébuleuse de mon esprit. J'allais me perdre dans mes pensées, mes folles extravagances. M'oublier pour renaître. À chaque fois c'était pareil. L'éternelle joyeuse se contrariait des aspérités du monde, se buttait aux obstacles amoncelés sur ma route, obligée de sauter, contourner, me heurter. *Pourquoi l'existence ne se déroulait-elle pas simplement ? Un beau ruban de soie lisse. Pourquoi tant de réflexions bouillonnaient-elles dans mon crâne ?* Je rêvais d'être une coquille d'huître, vide, creuse, bienheureuse. Je rêvais de Dylan alors que mon père attendait ma réponse.

J'ai sursauté, me suis remise dans le bon sens, assise sur mon séant, les pieds ballants.

– Je ne sais pas. Rosario Félix a dit qu'elle avait été retrouvée dans la cabane, ligotée et bâillonnée. En hypothermie.

Il est resté silencieux. Soucieux.

Subitement, l'astre joyeux est revenu m'agiter la caboche. J'ai eu envie de changer de sujet. Greta Sanchez n'allait tout de même pas me pourrir mes journées d'école buissonnière. Pour une fois que je pouvais sécher les cours avec l'aval de mes parents. Je devais me recentrer sur l'essentiel. Sur moi, sur nous, ma famille que j'aimais plus que tout.

– Tu ne peins plus ?

– Si, la toile au fond à gauche. C'est ma dernière création. Ta mère encore, ma muse éternelle.

– Dis donc, elle est bien dodue.

Le tableau (hyperréaliste) représentait Gigi, nue, debout, jambes et bras écartés, le corps puissant, le visage conquérant. Sa chevelure et sa toison rouges hypnotisaient. Sa beauté irradiait. Tout autour, des aplats au couteau dessinaient les volutes de l'œil d'un cyclone dans des tonalités gris pâle. Elle resplendissait. On ne voyait qu'elle ! Dans sa technique, Pablo mélangeait des cheveux coupés fins (récupérés du salon) à la peinture. Ça conférait un effet aggloméré, en relief, étrange.

Ses tableaux montraient ma mère ou moi, nues, dans des positions les plus improbables. J'étais habituée. Ça ne me choquait pas, au contraire, ça m'avait permis de m'accepter et de me trouver belle. En revanche, les sculptures humaines le figuraient (lui), du temps de sa splendeur. Géant gladiateur, musculeux, athlétique, flanqué sur ses deux jambes interminables et avec des attributs sexuels proéminents.

– Maman te dit qu'elle t'aime.

J'ai glissé au sol, me suis approchée de lui. J'ai déposé un baiser sur sa joue poilue. Si rassurante. Il fleurait bon la soudure, le métal, les nuits sans sommeil. Je lui ai dit que moi aussi je l'aimais et je suis repartie, infatigable feu follet.

En traversant le couloir, j'ai jeté un regard par la fenêtre. À califourchon sur notre âne, mon frère frappait ses flancs, pour le faire avancer, mais la bourrique refusait d'obéir. Je lui avais pourtant préconisé de se fabriquer des éperons, de les ajuster sur ses bottes en caoutchouc. Bien plus efficaces que ses talons tendres de gamin. Mais, la peur de blesser l'animal et de lui entailler le cuir le rebutait à suivre mes conseils.

9

La langueur matinale s'étirait sans fin. L'éternité n'était pas loin, a dit maman en secouant ses boucles rousses sur ses épaules. Mon oncle a gloussé, puis grillé le bout d'un cigarillo. La brume givrait les vitres à l'extérieur, la condensation s'opérait à l'intérieur, en contrecoup de la chaleur de bête qui y régnait.

Nous venions de déjeuner léger tous les trois.

Edison cognait encore sur les barrières. Il rafistolait celles qui partaient de guingois, remplaçait celles au bois pourri et fendu.

– Il a compris la leçon, a persiflé André, le regard perdu dans ses méditations qui grimpaient au mur.

Miniranger avait préféré casser la croûte, perché sur la pierre oblongue, dans l'enclos des poules. Fallait toujours qu'il fasse bande à part. Il grignotait un sandwich thon mayonnaise. Manifestement, ça ne dérangeait personne dans la maison. J'étais bien la seule à m'en émouvoir.

J'ai hésité sur ce que j'allais faire. Mais très vite, l'envie de retrouver le moelleux de ma chambre s'est imposée. J'ai grimpé à l'étage. Le dos arrondi, mon chat attendait, en faction sur le rebord de la fenêtre. L'air dédaigneux. Je lui ai rendu la politesse, en tirant la langue. J'ai attrapé mon iPod, un bouquin, et je me suis installée confortablement dans mon lit.

La vue d'en haut était changeante, parfois apaisante, d'autres fois terrifiante. Un large pré, où fleurissaient de gros cailloux, se déroulait jusqu'à mourir sur une forêt de pins. Les soirs de vent fort à tempête, les cimes s'agitaient dans un balancier infernal, s'arc-boutaient à s'emmêler les branches, les troncs grinçaient effroyablement à la limite de se fendre en deux. Si la foudre se rajoutait, l'épouvante s'invitait, gonflait le souffle sous ma poitrine. J'aimais avoir peur. Je ne fermais jamais les volets, sciemment. Je guettais, à l'affût d'une catastrophe qui aurait frappé notre foyer. Une brusque décharge électrique, un éclair en plein cœur du Domaine. Stoïque, je respirais avec fébrilité, à deux doigts de faire ma prière (un comble pour l'athée que je me revendiquais être). Surtout rester calme, avec le sentiment idiot de dompter les éléments, la fatalité. C'était jouissif.

À cet instant de la journée, une délicieuse sérénité me shootait. Dans un état second, j'ai relâché la garde, les tensions.

Au lycée, c'était l'heure du cours d'anglais de M. Dills avec ses impayables mimiques pour forcer son accent. Il n'était pas anglais, même s'il en faisait des caisses à nous persuader du contraire, en raison de son patronyme qui leurrait les plus naïfs et d'une tranche de vie passée sur le continent américain au début de sa carrière. Ses regrets étaient sous-jacents de n'avoir pu construire son avenir là-bas. Selon moi, un amour malheureux en était la cause. Le cœur brisé, M. Dills avait dû se résoudre à rentrer dans l'Hexagone. Dylan penchait plutôt pour le manque de courage et le fil à la patte en la personne de sa mère, omniprésente. Depuis, son retour s'écrivait dans une vie de célibat, terne, morne, avec Netflix pour unique passe-temps.

Alors, en cours d'anglais, on concentrait notre énergie à ne pas se moquer de ses simagrées. Les deux heures filaient vite. Un vrai kif. Dylan était à mes côtés. On se glissait des mots, avec des âneries griffonnées, on pouffait dans le pli de nos coudes. Et quand le prof se postait à notre hauteur, l'air inquisiteur, on se raidissait, genre : « *J'vous jure, ce n'est pas nous, m'sieur ! Y a pas plus sérieux !* »

L'école ne me manquait pas trop, mais Dylan, lui, terriblement.

J'étais curieuse de savoir ce qui se disait au sujet de Greta Sanchez. Tout le monde détenait un avis sur tout, devait y aller de sa version dans les couloirs, entre lycéens dans la cour du bahut, entre adultes dans la salle des professeurs. Forcément. Cancanaient-ils aussi à mon propos ? De mon absence accablante le jour fatidique de sa découverte agonisante dans la cabane de jardin. J'imaginais les sarcasmes à peine voilés. Ça ne pouvait pas être fortuit. Subitement, j'ai senti monter l'angoisse à nouveau. La crainte de devoir soutenir les regards des autres, à mon retour. Ces œillades discrètes, mais accusatrices, appuyées de coups de coude. « *T'as vu ?! C'est elle ! La pauvre Romy, le souffre-douleur de la classe, la tête de Turc de cette folle furieuse, elle a morflé sévère, faut dire qu'elle* n'y est pas allée *de main morte, alors elle a craqué, ça se conçoit aussi. Par vengeance, elle aura voulu lui rendre la monnaie de sa pièce. Mais, elle n'a pas pensé qu'elle pouvait la tuer. Non, Romy est une gentille gamine. Pas méchante pour deux sous. Elle est juste grosse, la malheureuse, faut la comprendre. Tous ces quolibets en permanence, c'est cruel, dur à vivre. Ses parents auraient pu faire quelque chose aussi. La mettre au régime sec, au sport, lui poser un anneau gastrique. Il y a tellement de possibilités de nos jours.* »

J'ai soupiré, en songeant au pénible de la situation. Soulagée d'être ici plutôt que là-bas. Si seulement, Dylan apparaissait près de moi, par magie. Il me manquait tellement.

J'ai feuilleté mon bouquin, réfléchi à l'envie qui était la mienne dans l'instant. Lire ou… non, finalement. Rêver me plaisait plus.

Mes écouteurs dans les oreilles, *Absolute Beginners* a retenti dans le silence, pénétrant les os enserrant ma cervelle, s'infusant dans mes artères. Bowie s'est approché à pas feutrés, gangster poilu, il s'est installé sur mes cuisses, roulé en boule. Une grande partie de mon univers se résumait à Bowie, qu'il soit chat ou chanteur. Mon idole s'étalait sur les murs de ma chambre, en posters, aux différentes périodes de sa carrière. Accoutré, peinturluré, grimé, provoquant, charismatique, androgyne, asexué, sexy, rocker, poète. Il avait contribué à coudre d'espérance mes nuits chagrines, à bousculer mes rancœurs maladives, à crever la méchanceté qui parfois gonflait mon cœur en réponse aux coups reçus, à m'offrir une lune de tolérance sur mes imperfections adolescentes, à m'aimer telle que j'étais. Découvert par hasard, mes doigts farfouillaient dans les vinyles de mon oncle jusqu'à, soudainement, tomber en émoi sur la pochette de *Aladdin Sane*. Hypnotisée par l'éclair rouge qui coulait de ses cheveux roux sur son teint blafard. Ce visuel d'une beauté angoissante m'avait harponnée, puis les mélodies et sa tessiture m'avaient ensuite subjuguée. J'avouais être fan inconditionnelle. Encouragée par mon oncle, dingue de musique, qu'elle soit classique ou pop-rock. Depuis toujours la musique baignait nos soirées, à Paris puis au Domaine. Il m'avait initiée aux artistes incontournables, aussi aidée à dénicher des posters (follement vintage) dans les brocantes du coin ou sur Internet.

Alors, Gigi a glissé une tête curieuse à la porte, après avoir cogné délicatement de son index. Avec la musique, je n'ai pas entendu, juste vu son sourire radieux. J'ai mis sur pause.

– Je peux entrer ?

– Oui, ai-je répondu, d'une voix sourde, tiraillée entre le désir de jouir égoïstement de ma solitude et celui de l'y accueillir.

– Je m'installe là, a-t-elle dit en s'asseyant dans le fauteuil, les jambes repliées sur le côté. Plus discrète qu'une souris.

Dans les mains, un beau livre épais, sur les sites remarquables et merveilles du monde. Elle aussi aimait rêver. Sa mousseline gonflée vert amande donnait l'impression qu'elle s'immergeait dans un bain crémeux jusqu'à la taille. Léger, irréel. Avec un voile vaporeux qui flottait à la surface.

Elle était si jolie. J'étais si différente.

Jamais, je n'ai jalousé maman. Non, sûrement pas. C'était un simple constat. Peut-être une nostalgie ? Et encore.

Sa beauté m'insufflait la lumière de son cœur. Souvent, elle me répétait que la plupart des stars étaient mortes malheureuses. Il fallait gratter la surface pour déceler le diamant, la pureté brute. La véritable personne, pas celle des papiers glacés dans les magazines. Beaucoup s'y étaient cassé les dents, épuisés, leurrés. Étourdis par les faux-semblants, l'apparence trompeuse, tronquée.

Dans le salon de coiffure, la nostalgie d'une époque ancienne étincelait. Les clichés des starlettes d'hier et d'aujourd'hui étaient punaisés un peu partout, se reflétaient dans les miroirs géants. Modèles pour une coupe, une teinture, des perruques de toutes les couleurs, formes et longueurs. Ma préférée d'entre toutes. Celle de Marilyn Monroe, que j'adorais enfiler. Je secouais les tifs en prenant une moue boudeuse. Sa blondeur, conjuguée au rouge vif de mes lunettes, me rendait explosive.

– Tu ne te lasses pas de David Bowie ? Ça filerait presque le tournis de le voir partout aux murs.

– Non, mais je mettrais bien des posters d'autres chanteurs…

– Vas-y, ma fille !

– Il ne va pas apprécier, je vais le décevoir, lui qui m'accompagne depuis toutes ces années. Je n'y arrive pas.

– Tu les apposes sur lui. Il ne dira rien. C'est un type bien. Il les enveloppera de ses bras et leur soufflera des conseils. Tu n'aimerais pas, toi, être collée à ses côtés ?

J'ai souri. L'idée me plaisait. La poésie de ces rencontres musicales sur les parois de ma chambre m'enchantait même. Je les ai imaginées à la nuit naissante, sur fond de mélodie, à taper le carton, discuter, s'amuser, chahuter, faisant de moi le témoin privilégié des premiers accords d'une chanson, des paroles griffonnées sur un bout de nappe au terme d'un dîner, puis improvisant un bœuf joyeux les voix mêlées aux instruments de musique.

– On le tente ?

– Allez, ai-je répondu, enjouée.

Maman s'est levée, a saisi un poster (de Beth Ditto, le premier sur la pile) et est venue le positionner entre deux Bowie, laissant visible son visage. Deux morceaux de scotch et le tour était joué ! Elle a reculé, pris un air sérieux, scrutateur.

– Alors ? T'en penses quoi ?

– Étrange, ça risque d'être moche à la fin, mais j'aime bien.

– OK, on continue dans ce cas.

Du coup, Gigi s'est activée pendant que je la regardais faire avec un enthousiasme juvénile. Le sentiment de faire un truc interdit, comme badigeonner de goudron des murs tendus d'une tapisserie hors de prix.

Bowie n'a même pas ouvert un œil. Indifférent. Il aurait pu se réjouir de la grâce de ce moment de communion, autant que je jubilais. Décidément, cet affreux matou n'était pas sympathique. Parfois, l'envie de le balancer avec son mépris par la fenêtre me démangeait. Heureusement pour lui, j'étais pacifiste. J'ai souri quand elle a coincé le poster de Lennon et Yoko tenant l'affiche « *War is over* » entre un Twenty One Pilots et un Julien Doré. Le résultat était tel qu'escompté, bizarrement fouillis, mais criblé de ce grain de folie qui le rendait unique.

– J'aurais aimé connaître ta chambre, ai-je murmuré, avec nostalgie.

D'un soupir, elle a repoussé les souvenirs. Les yeux sur la ligne d'horizon, elle ne repartait jamais en arrière.

– Elle était vieillotte, moche et sinistre. Je la détestais. Il m'était interdit d'en faire une chambre d'enfant. Un style bourgeois aussi lugubre que le reste de la maison. J'étouffais régulièrement les cauchemars avec mon oreiller, afin de respirer l'oxygène de l'espoir.

La tristesse me submergeait de me dire qu'un pan de son existence m'était étranger. Sa vie d'*avant moi*. Je ne connaissais ni mes grands-parents, ni mes deux oncles, ni mes cousins, ni la demeure où elle était née, avait grandi, fait les quatre cents coups, cousu ses premiers chagrins, rêvé aux anges, ébauché ses projets, envisagé sa fuite. C'était troublant, désolant, de savoir le lien rompu, tranché net *à cause de moi.* Jamais, nous ne serions une famille comme les autres, celles de Dylan, des lycéens de ma classe ou les gens autour. J'avais le regret des vacances chez mamie, de la confiture cuite au chaudron, de la tarte aux airelles des bois, des câlins à l'heure de la sieste sous le pin landais, des parties de pêches avec papi, des histoires contées au coucher. Néanmoins, les parents de maman n'étaient pas de cette trempe. La déception aurait été au rendez-vous. Cruelle. Ils avaient voulu ma mort alors que je n'étais qu'un embryon dans le ventre de la plus merveilleuse des mères. « *Salopards, ils ont voulu ma mort !* répétais-je sèchement, la voix blême, quand la douleur de la responsabilité endossée me cisaillait les chairs. *Qu'ils aillent brûler en enfer ! Je les déteste, je les déteste, je les déteste !* »

Ses mains soyeuses et tièdes ont soudainement entouré l'ovale de mon visage. On s'est alors caressé l'âme des yeux. Elle a frotté le bout de son nez contre le mien, un de nos rituels depuis toujours. Sa tendresse maternelle m'inondait. J'étais apaisée, heureuse. Puis, elle m'a embrassée sur le front, à la naissance du cuir chevelu. J'ai fermé les paupières. Mon univers c'était elle. Ici. Je redevenais l'enfant solitaire qui peuplait sa chambre de personnages invisibles, d'ombres héroïques. Inlassablement, je leur parlais, ils me répondaient.

– On s'en fout d'avant, ma chérie ! Ma vie a commencé avec toi. Et depuis, elle est une fête. Nul besoin des autres pour être heureuses. Notre famille, si petite soit-elle, est unique !

Mes pensées à nu, elle lisait en moi, me comprenait mieux que quiconque. Intuitivement. Je l'aimais infiniment. Et j'étais si belle dans le reflet de son cœur.

10

Nous convînmes d'aller faire une balade à cheval avant la tombée de la nuit. En ce début janvier, le soir commençait tôt, trop tôt. L'hiver s'invitait à la maison. Le froid recouvrait de ses tentacules glacés le carrelage, les murs. Il s'infiltrait dans le moindre interstice. Les rafales d'un vent vigoureux poussaient les fenêtres, agitaient les rideaux, claquaient les portes. J'aimais me glisser sur le tapis laineux, devant la cheminée ardente. Roulée en boule, animal sauvage transi, frissonnant. Gigi venait alors m'entourer de ses bras et souffler son air tiède dans mon cou. Hypnotisée, les yeux grands ouverts, je me berçais de l'ondulation des flammes, de leurs ombres au fond de l'âtre, de leur crépitement, de la brûlure douce sur la peau. Le poids de son corps dans mon dos, je crevais de chaud, mais pour rien au monde je ne voulais que ça s'arrête. Alors, elle me racontait une histoire sur son enfance engoncée, mélancolique. Elle y glissait une touche heureuse par-delà la grisaille. Parfois, aussi, elle fredonnait avec la gorge une mélodie. Ces moments avaient la puissance de l'amour éternel, celui qui reste gravé dans la mémoire, celui qu'on emporte par-delà la mort. Je pressais les paumes de mes mains sur ses bras délicats, tentais de faire durer notre étreinte.

Avant de sortir, parée de ma tenue d'équitation, j'ai croisé Edison qui filait voir Pablo. Préoccupé, il marchait d'un pas leste. Je l'ai agrippé, il a failli m'envoyer paître. Son visage s'est adouci, en réalisant que ce n'était que moi.

– Qu'est-ce que le policier t'a demandé tout à l'heure ?

Le teint rembruni, il a hésité à répondre.

– Il voulait savoir où j'étais ces jours-ci ?

– Ah… Et qu'as-tu dit ?

– Que j'étais monté voir un pote de passage à Paris.

J'ai froncé les sourcils. J'affichais ostensiblement un certain scepticisme. J'avais seize ans, mais je n'étais pas non plus née de la dernière pluie. Le sentiment qu'on me menait en bateau ou qu'on cherchait à préserver la petite princesse de la tribu s'amplifiait au fur et à mesure que cette journée se déroulait. Je n'avais que mon intuition, clairement elle me chatouillait les vibrisses. On me cachait quelque chose. Je finirai bien par en avoir le cœur net.

– Quel pote ?

– Un copain rencontré en Argentine. Il est en France pour le boulot.

– Et il t'a cru ?

– Ben, ouais ! a-t-il lâché, agacé de mes sous-entendus. Puisque c'est la vérité.

– Hum…

– Bon, Romy, faut que j'aille voir ton père. Il a besoin…

Cherchant ses mots, il s'est défait de mon emprise, s'est tu.

– De quoi ?

– Un truc, je ne sais pas. Sans doute, porter ou déplacer quelque chose dans son atelier…

– Je ne te crois pas.

– T'es relou ! a-t-il sifflé en s'éloignant.

Vexé, il s'est retourné plusieurs fois, vers moi, l'air sombre.

Gigi m'attendait à la porte, soucieuse. La bombe enfoncée sur ses cheveux roux lui conférait un style rétro en diable à la Rita Hayworth.

– À quoi tu joues Romy ?

– À rien

J'ai minaudé, filé sous son nez. Il me fallait m'extraire de l'atmosphère pesante. Un pas de danse restait mon meilleur allié dans ces moments-là. Dans la cour, j'ai tournoyé, déployant ma légèreté intérieure. Mes bras ont décrit une arabesque gracieuse. Heureusement, le gel n'était pas encore là, sinon j'aurais fini sur les fesses.

Alors, on a détalé jusqu'à l'écurie, à en perdre haleine, à s'invectiver afin de savoir qui parviendrait la première devant les stalles. Les pupilles excitées, le feu aux joues, nos gamineries n'étaient jamais bien loin. Notre complicité relevait de la magie. On a ri, stoppant net notre course effrénée. Les chevaux inquiets s'apprêtaient à ruer. Le souffle court, les mains sur les hanches, je n'en finissais pas de glousser nerveusement, pendant que maman, gantée, tentait de rassurer les bêtes et tempérer les hennissements.

– Tout doux, tout doux.

Il était là, au fond.

À l'aide d'une fourche, mon petit frère remuait la paille. Il faisait semblant de ne pas nous avoir vues (tout comme maman). Impossible avec le vacarme que nous faisions. Ces derniers temps, il paraissait étrange (ma famille aussi d'ailleurs). À se mettre à l'écart systématiquement. À nous snober. Peut-être avais-je dit ou fait un truc de travers ? Il était soupe au lait. À devoir mesurer son langage, soupeser ses mots. Il était terriblement agaçant par moments. On aurait dû être unis, plus fraternels. Il me laissait en plan. Il s'appelait Désiré. Ce mot le résumait à lui seul. Cinq ans d'attente insoutenable avant qu'il ne daigne pointer son nez, après moi. Et, depuis, il se faisait désirer. Constamment. Mais plus encore ces derniers temps. Nous étions à l'espérer à un endroit alors qu'il se trouvait ailleurs. Il papillonnait, courait, la main sur la poitrine pour retenir son souffle fragile. Jamais mieux que parmi les bêtes, petit animal sauvage, infatigable Mowgli.

– Arrête de bayer aux corneilles, a fait maman en sortant les chevaux.

Elle aussi laissait faire, lui passait tout sous prétexte de sa santé délicate.

La balade équestre a été revigorante dans la morsure hivernale, divine avec ses tonalités nocturnes qui marbraient un ciel de lune. Sur nos montures, en silence dans la forêt épaisse. Nos âmes en communion, reliées par un fil invisible. Avec les seuls claquements des sabots qui fouettaient les pierres, écrasaient les branches mortes, des naseaux ouverts, humides qui expiraient bruyamment. J'allais devant, car j'avais un cheval de tête. Vieillissant, mais obstiné.

Les deux canassons avaient été sauvés de l'abattoir. Une sordide histoire. L'ancien propriétaire, un fermier de la région, s'était suicidé après avoir tué sa femme qui menaçait de le quitter. Deux coups de fusil pour elle dans la poitrine, à bout portant, et un pour lui sous le menton qui lui avait explosé le crâne. Un véritable carnage qui avait fait les choux gras de la presse locale. Sa ferme était dans un état déplorable, criblée de dettes, mal entretenue, crasseuse, les bêtes (les survivantes) erraient faméliques. Gigi avait découpé l'article dans le journal et s'était mobilisée en vue d'épargner les chevaux promis à l'équarrissage. Nous avions vécu ce sauvetage avec ferveur à ses côtés, avec le sentiment de remplir une mission cruciale sous l'égide de l'association L214. Elle était montée au créneau, le teint empourpré par la colère et la honte. À cette occasion, elle avait enfilé des bottes cavalières lustrées qui lui faisaient des jambes interminables. Mon oncle l'avait conduite partout au volant du Combi Volkswagen, un cigarillo à la bouche et un feutre beige vissé sur son orgueil. L'élégance militante de la passionaria. J'avais tout filmé à l'aide d'une minicaméra offerte à mon anniversaire. J'étais si fière de maman. J'avais son sang qui coulait dans mes veines, sa folie passionnée dans le cœur. Elle avait réussi. L'arrivée des deux chevaux maltraités avait été célébrée un week-end durant. Flip et Flop (nous les avions renommés ainsi à l'occasion de leur intronisation dans leur nouvelle vie au Domaine) s'étaient vite remplumés, gambadaient joyeusement dans les prés, et acceptaient d'être montés. Sans doute en gage de leur reconnaissance. Enfin, c'était ainsi que j'envisageais les choses.

11

Le lendemain a été d'une grisante effervescence. Tout avait si bien démarré. La neige tourbillonnait, blanchissait « Le Domaine », les toits, les prés, la forêt. Aux premières lueurs de l'aube, j'avais collé mon nez contre la vitre glaciale de ma chambre à m'émerveiller. Puis, n'y tenant plus, j'avais ouvert la fenêtre, glissé mon visage dehors et tiré une langue curieuse pour attraper des flocons et goûter la saveur de l'hiver. Un nectar polaire m'irradiait l'intérieur de la bouche. Ce fut seulement l'intensité de la fraîcheur mordante, piquetant mes joues d'un voile de rose, qui me ramena dans la tiédeur de ma chambre.

Une image de carte postale s'étalait sous mes yeux. De celles où l'instant unique nous rend minuscules dans l'immensité d'une nature redevenue quasi sauvage.

Ma nuit avait été morcelée. Un sommeil capricieux s'était joué de mes nerfs. J'avais cédé au soulagement d'être bien au chaud chez moi, à faire l'école buissonnière pour une durée indéterminée, et le désarroi de ne pas bien comprendre le drame qui ourdissait en toile de fond. Plusieurs fois, j'étais sortie en sursaut d'un cauchemar où l'affreuse Greta Sanchez m'étouffait avec ses mains énormes. Le souffle court, trempée, j'étais revenue d'une mort annoncée. Puis elle avait disparu, effacée progressivement par une gomme invisible depuis les pieds jusqu'au bout des doigts. Terrifiant. Mon endormissement avait pourtant bien commencé, au rythme des gémissements de Gigi qui s'envoyait en l'air avec Edison. Sa chambre était sous la mienne. Elle ne faisait pas dans la dentelle. Expressive et enthousiaste. Mais j'aimais bien les entendre, surtout elle, je la sentais heureuse, et je me disais qu'un jour un garçon (si ça pouvait être mon Dylan...) me provoquerait le même bonheur. Parfois, je m'entraînais à gémir sous le regard apathique de Bowie, qui ouvrait un œil et le refermait aussi sec, songeant que ça me passerait. Lui, son truc, c'étaient les souris. Je percevais les crissements au grenier, au-dessus de nos têtes. Malgré son surpoids (tiens donc, il n'était pas mon chat pour rien...), il se faufilait par l'escalier de service, faisait un raffut du diable lors de ses parties de chasse. À de rares occasions, il rentrait vainqueur et déposait son tribut sur la descente de lit. J'étais écœurée, même si ça restait un acte de générosité. Saisissant le mulot mort par le bout de la queue, bras tendu pour m'extraire de l'odeur pestilentielle, j'ouvrais la fenêtre et je lui faisais faire un vol plané dans le pré. Quand Edison était dans les parages, il gueulait, trouvant cette manie terriblement répugnante. « *Je te préviens, si jamais je le reçois en pleine tronche, tu vas passer un mauvais quart d'heure, gamine !* » Ses gesticulations accentuaient sa rage. Je lui faisais un doigt d'honneur, en hurlant de rire, avant de refermer la fenêtre. Je veillais à ne pas le croiser dans l'heure, pour éviter ses foudres. Ensuite, pas rancunier, il me toisait en silence d'un air de me signifier que je ne perdais rien pour attendre. Mais, son flegme naturel ramollissait son emportement. C'était devenu un jeu entre nous.

Le matin, avec Gigi, nous avons cuisiné un *carrot cake*, car nous avions l'âme américaine et que fourrer des carottes dans un gâteau me paraissait tellement saugrenu. Je ne pensais pas que ça puisse être mangeable. Et ce fut délicieux ! On avait mis *L'Amérique* de Joe Dassin à fond. On a chanté à tue-tête, en nous trémoussant dans nos tabliers.

J'ai enfilé la perruque de Marilyn, collé une lentille bleue sur mon œil droit pour me faire la vision bicolore de mon idole et badigeonné mes lèvres d'un rouge assorti à mes lunettes. Emmitouflée dans mon anorak, je suis allée sauter dans la neige avec les chiens. Je n'ai pu résister à l'envie irrépressible de mitrailler Edison de boules. Il déblayait péniblement l'allée conduisant à l'entrée principale. Il y avait un sacré bout, mais il était de bonne humeur. Sans doute sa folle nuit d'amour. Son hâle métis contrastait dans la blancheur étincelante du Domaine. Je l'ai trouvé beau.

– Ça ne tiendra pas, a regretté mon oncle, l'air avisé.

L'après-midi, je suis allée chercher des jeux de société. On a joué et j'ai promis de ne pas tricher, malgré mes orteils croisés dans mes chaussettes. Maman a (enfin) accepté de me teindre en blond platine, car la perruque me démangeait le cuir chevelu. Et puis, comme je n'allais pas retourner à l'école de sitôt, je me voyais bien blonde (plutôt qu'un tout bête châtain) pulpeuse. J'allais faire les cours à la maison avec mon oncle en professeur. Il était érudit et calé dans la plupart des disciplines. Et puis, avec les outils informatiques modernes, on pouvait tout faire depuis chez soi. Bien évidemment, quand Gigi déciderait de sortir les fameux sésames du coffre-fort.

– Tu connais le code secret ? ai-je demandé à mon oncle.

– Bien tenté Romy, mais non.

Un peu plus tard, je suis allée voir Pablo dans son atelier. Je voulais lui soutirer des informations sur le coffre-fort. Mais je ne suis pas restée, car maman lui massait la tête. C'était leur moment. Les yeux fermés, l'amour s'infiltrait par ses doigts au travers de son crâne. Sa peau roulait délicatement dans l'épaisseur de ses cheveux noirs. Son visage se détendait, s'adoucissait. Derrière l'opacité de ses paupières, peut-être revoyait-il le temps où ses jambes musclées, dures, existaient, le portaient, l'emportaient (elle) sur son dos. Avec les grelots de son rire et sa rousseur explosive. Mes souvenirs me les rappelaient virevoltants, follement épris et gais. L'accident stupide avait poignardé la ferveur, mais pas l'amour entre eux, plus rutilant que jamais.

Je rêvais d'aimer et d'être aimée comme eux.

Soudain, les stigmates d'un plaisir délicieux infusaient un léger rosissement sur le visage de Gigi. J'ai vu la main de Pablo sous sa jupe. J'ai préféré les laisser à leur bonheur et songer au mien. D'ailleurs, il n'était pas loin. J'ai aperçu Dylan, par la fenêtre. Soucieux, il discutait avec André. Je me suis concentrée pour lire sur les lèvres. Je m'étais exercée des tas de fois, pendant des plombes, en coupant le son de la télé, si bien que j'étais douée, toute ma famille le savait, alors ils faisaient gaffe d'ordinaire. « *Surtout ne lui dis rien…* », faisait mon oncle, qui se détourna aussitôt en me distinguant affairée à déchiffrer les mouvements de sa bouche. *Merde !* J'ai ragé. On me cachait donc bien quelque chose. Mais quoi ? J'allais cuisiner Dylan, cependant je ne me faisais pas trop d'illusion, il ne lâcherait sans doute rien, sauf à se voir refuser l'accès à la maison. J'ai fulminé encore avant de venir à sa rencontre.

D'un *check*, nos mains se sont retrouvées. Des crépitements sous la poitrine, j'ai tempéré mes guiboles qui flageolaient. Il me faisait toujours un effet dingue. C'était mon meilleur ami, mon confident, mais aussi celui que j'aimais, à vouloir lui fourrer ma langue dans la bouche, à le tripoter, des biceps à l'entrejambe. D'étranges idées me traversaient l'esprit à chaque fois. Fugaces ou plus persistantes.

– Salut beau gosse !

– Salut Romy. Je venais aux nouvelles. Absente deux jours au lycée et pas même un p'tit coup de fil ni un SMS. Ce n'est pas sympa ! Tu aurais pu prévenir ?

– Mouais, mais ici les choses ont changé. On revit à l'âge de pierre et je n'ai pas trouvé de pigeon pour t'envoyer un pli…

– Vous avez encore le téléphone fixe, a-t-il bougonné (mon humour ne semblait pas lui plaire). Ta mère a bien averti le bahut !

J'ai encaissé (il n'avait pas tort) puis je lui ai offert mon plus beau sourire. L'idée qu'il se soit fait du mouron m'a attendrie. Surtout ne pas sombrer dans le sentimentalisme, ça n'était jamais bon de basculer fort ou brusquement dans *trop* d'affects. À peine les retrouvailles entamées. Il fallait secouer tout ça au shaker, piquer le cul aux ados « *fleur bleue* » pour mettre du relief sur les émotions, les faire exploser de mille feux.

Sur ce, mon oncle est passé devant nous, son cigarillo éteint, pincé entre les dents. Son regard sombre était menaçant. J'ai vu la glotte de Dylan qui faisait le yoyo alors qu'il s'évertuait à ne pas s'étouffer avec sa salive.

– Ne fais pas gaffe, ai-je chuchoté à son oreille. Il aime bien en faire des caisses, mais il n'est pas méchant.

– Mouais, j'suis pas sûr. J'ai eu un accueil des plus mitigés.

– Dis-moi un peu. C'est quoi le deal ?

Je lui ai parlé, sans le regarder, sans bouger les lèvres ni articuler, à la façon d'un ventriloque, car mon oncle n'était pas loin. Calé près de la cheminée dans la grande cuisine qui s'ouvrait sur le salon, il feignait de feuilleter le journal en fumant. Mais son œil perçant nous suivait.

– On va aller dans ma chambre !

J'ai bien senti que ça l'ennuyait de nous savoir ensemble.

12

Dans ma piaule, j'ai poussé Dylan sur le lit, qui tirait la trogne.

– Allez décoince !

Puis, ajustant mes chatouilles sur ses hanches efflanquées, il s'est déridé lentement. Dévoilant des dents blanches, dont certaines se chevauchaient. Son sourire doux m'a émue instantanément. Prise au piège, il m'a embarquée dans sa toile de délicatesse. Mais, je devais résister, ne pas sombrer dans le ridicule de me jeter dans ses bras, de le chahuter à trop le courtiser, car notre relation n'était qu'amicale.

Dylan était gay et j'en étais désespérée.

– Alors c'est quoi le deal ? ai-je répété (à en devenir exaspérante).

– Motus et bouche cousue, a-t-il mimé. Ton oncle m'a menacé de me péter la mâchoire avant de me lester dans le puits.

– Et tu l'as cru ?

– Ben, je préfère me méfier. Il y a tellement de rumeurs sur ta drôle de famille.

– Ah bon ?! Tu ne m'en avais jamais parlé avant ?!

Je n'ai pu réprimer ma déception de découvrir ses cachotteries.

– Je n'avais pas envie d'alimenter ces racontars, mais depuis le grabuge autour de Greta, les langues se délient et plein de vieilles histoires refont surface.

– Comme quoi ?

Une once de gêne s'est immiscée entre nous, insidieuse, nous éloignant l'un de l'autre. Prudent, Dylan s'est installé sur le fauteuil. À distance. Je pouvais être volcanique, il le savait. Je me suis redressée, j'ai enserré de mes bras potelés mes genoux collés à ma poitrine.

– Bah ce sont des conneries…

– Comme quoi par exemple ?!

La saveur des retrouvailles s'est vinaigrée. Un filet, mais suffisant. Le goût aigre m'a piqué la gorge. Je n'avais jamais imaginé qu'il ait pu avoir des secrets pour moi. On se disait tout. *Je* lui disais tout. Comme Pablo m'avait toujours encouragée à le faire. Spontanément, sans arrière-pensée, sans rancune de quoi que ce fût après. Et, là, réaliser qu'il avait dans ses poches des boulettes de mensonge me débectait. La déconvenue était amère.

Il m'observait. Je soutenais son regard.

– Certains… Certains prétendent que ton oncle aurait trempé dans des affaires louches à Paris, c'est pour ça qu'il aurait fui ici, pour se cacher dans ce trou perdu.

Avec son magot, il aurait acheté « Le Domaine » rubis sur l'ongle.

– Et quoi d'autre encore ?

J'ai accusé le coup (en me répétant les mots-clés : « *trempé dans des affaires louches* », « *fui* », « *magot* »). J'ai écarquillé des yeux stupéfaits.

– Pablo serait devenu handicapé à la suite d'une bagarre qui aurait mal tourné. Il aurait tué le type.

– Carrément ? Tué ?! Bordel, ils n'y vont pas par le dos de la cuillère.

– Je t'ai dit, c'est n'importe quoi…

– Y a d'autres ragots ?

Il s'est raclé la gorge avant de poursuivre. L'embarras empourprait ses pommettes hautes.

– Edison aurait fait du trafic de drogue en Argentine. Il serait en cavale et vous l'auriez hébergé, contre de menues contreparties. Forcément des trucs pas clairs.

– Ben, merde… Des rumeurs sur maman ?

– Rien.

– Et, tu crois tout ça ?

– Non, bien sûr, que non ! Mais quand ton oncle me balance des menaces de mafieux, du coup, j'hésite, je frissonne.

– Hum…

L'air est devenu irrespirable. Le besoin de m'aérer m'a saisie, de trier, de bousculer mes pensées. J'ai ouvert la fenêtre, en grand. Un vent froid a glissé entre nous. J'ai sorti ma pochette à fumette. J'ai roulé un joint. Puis, j'ai grillé le bout et aspiré. J'avais mal au cœur. Dylan me lardait de piqûres le pourtour. Il s'est approché pour tirer une taffe et me prendre la main. J'étais écartelée entre deux extrêmes : le repousser et l'attirer dans mes bras.

– En tout cas, ils sont sacrément balèzes, car aucun n'est en prison, ai-je sifflé admirative. T'as dû remarquer ?

– Oui, c'est indéniable, tout ça n'est qu'une grosse affabulation de campagne. C'est bien connu la différence, ça dérange, surtout dans nos coins où il ne se passe jamais rien.

– Et pour la méchante Greta, qu'est-ce qui se dit ? J'imagine que ça doit bien déblatérer au lycée, vu déjà qu'on prend cher au Domaine.

Il a soupiré. Une fossette lui creusait la joue droite. Cette asymétrie le rendait unique. Nous étions si contrastés en apparence. Il était aussi maigre que j'étais ronde, aussi grand que j'étais petite, aussi calme que j'étais tempétueuse. Mais au fond, semblables. Et faits l'un pour l'autre (mais je m'emballais à nouveau).

– Évidemment ton absence, le jour où elle est retrouvée ligotée, bâillonnée, fait de toi *la* coupable idéale. Toi ou un membre de ton clan.

– Bon, je crois que j'en ai assez entendu. Ça me saoule. Tiens, finis le pétard.

J'allais refermer la fenêtre quand j'ai remarqué Rosario Félix. Il remontait l'allée au volant de sa voiture. Il s'est garé, a hélé Edison, qui aidait maman à nourrir les poules, les canards et les oies. Edison a posé le seau de grain, s'est penché à la vitre de la portière. Il a fini par grimper sur le siège passager. Gigi a tout juste eu le temps de lui apporter son blouson et ses papiers avant qu'il ne reparte avec le policier.

Elle a perçu ma présence, dressant vers moi une mine désarmée.

– Il l'emmène pour l'interroger au poste, a-t-elle dit. Je crois qu'il a parlé de garde à vue. Greta Sanchez est morte.

Anéantie, maman a posé une main fébrile sur sa bouche. Elle s'en est retournée vers la bassecour donner le grain, le dos voûté sous le poids de l'incompréhension.

J'ai refermé la fenêtre, hébétée de ce dont je venais d'être le témoin. Cette journée oscillait du rêve au cauchemar. J'en avais le souffle coupé. La nausée lancinante poussait les portes de mon crâne.

– Viens là, luciole.

Dylan m'a prise dans ses bras. Je n'étais pas une pleureuse, mais une paire de fois, mes larmes avaient mouillé ses vêtements. Doux, patient, il m'a caressé les cheveux. Il a murmuré des mots réconfortants. D'autres garçons à sa place auraient été empotés, mais pas lui. L'aîné d'une fratrie de six, il savait y faire pour apaiser les chagrins, soigner les bobos, rallumer des étoiles dans les yeux humides. D'autant que ses parents pêchaient par inexistence ou abandon. Ils faisaient des bébés, sans trop comprendre comment ni quoi en faire après, une fois qu'ils étaient là. Des gens simples, dépassés par les événements, malmenés par les choses de la vie.

– Tu restes cette nuit ? ai-je imploré.

– Si tu veux.

Nous sommes allés manger un bout en cuisine. C'était silencieux. Nous avons fait vite. J'ai eu besoin de retourner dans ma chambre. Protégée par mon enfance. Je me suis couchée, emmitouflée dans les draps. Des frissons couraient sur ma peau.

Dylan était épuisé. Il s'est endormi dans le fauteuil déplié en lit. Son ronflement léger me berçait. C'était doux, tranquille. Le savoir à mes côtés aurait dû m'apaiser.

Impossible de fermer l'œil de la nuit. J'imaginais Edison, dans sa geôle, les mains enserrant les barreaux. Il hurlait en boucle : « *Je suis innocent, bande d'enfoirés ! Je suis innocent, laissez-moi sortir d'ici ! Je n'ai rien fait, je suis innocent !* » Ensuite, l'horrible visage de Greta Sanchez me crachait au nez qu'elle allait me faire la peau. Ses postillons menaçants me répugnaient. Sa voix persiflait à mes oreilles. Serpent à sonnette. Les couvertures sur la tête, je tentais d'effacer ses vociférations, mais en vain.

13

Savoir qu'elle n'était plus là pour me torturer aurait dû me réjouir. Néanmoins, je ne parvenais pas à verbaliser ce que je ressentais. Un sentiment paradoxal m'écartelait. Un soulagement miraculeux me délestait d'un poids terrible, celui qui m'aurait fait faire n'importe quoi pour ne plus aller à l'école. Hier matin, j'aurais donné cher pour éviter de la croiser au lycée. Elle me rendait malade, de souffrance physique et psychique. Je comprenais ceux qui envisageaient ou (pire) mettaient fin à leur jour à force de harcèlement ou de supplices répétés. Ils voulaient juste poser un point ultime à l'horreur qui emplissait chaque respiration de leur existence. Dire stop. S.T.O.P.

À présent, elle ne me tourmenterait plus jamais. Je ne serais plus jamais son objet de torture. Elle ne me distillerait plus ses récriminations, ses vexations, au compte-gouttes dès que les autres avaient le dos tourné. Elle ne m'épuiserait plus au point de devoir rester constamment sur mes gardes, dans l'attente d'une énième brimade. Je n'aurais plus la boule d'angoisse plastiquée dans l'estomac en approchant de l'école. Je la délogerais et la balancerais au loin, dans la décharge à ciel ouvert des âmes damnées. Le monstre était terrassé, j'allais pouvoir me remettre sur mes jambes, me redresser et reprendre une existence normale.

J'ai vécu l'annonce de son décès comme une *délivrance*. Oui une libération inespérée.

Et, en même temps, Greta Sanchez était morte.

M.O.R.T.E.

Cinq lettres pour qualifier le définitif, l'irrévocable. L'énoncer à voix haute m'a déclenché une cascade de tressaillements dans le dos, le long de la colonne vertébrale. Je l'ai imaginée ligotée, bâillonnée, gisant sur le flanc. Un cadavre raide, figé. Coquille vide, désertée de sa cruauté, (ridiculement) inoffensive, que je pouvais toucher du bout du pied, remuer pour mieux prendre la mesure du drame. La peau sépulcrale m'a glacé le sang.

Qui pouvait avoir commis un crime ?

Car il s'agissait, bel et bien, d'un meurtre, pas d'une mort accidentelle. Les liens, le bâillon, l'enfermement dans la cabane au fond du jardin au cœur de l'hiver. Autant d'éléments qui ne laissaient aucun doute sur le dessein macabre. Et ça aussi, ça m'a fichu la chair de poule. Il y avait un assassin *près de chez nous*. Cette pensée m'a soulevé le cœur. C'était glauque, effrayant. Elle était morte et le coupable se baladait dans les parages.

– Tu ne dors pas ?

Le teint brouillé, Dylan a ouvert un œil. Je me suis tournée vers lui.

– Non. Je n'y arrive pas.

– Hum, je comprends, a-t-il répondu. J'étais si fatigué, je n'ai pas pu lutter… Tu ne m'en veux pas ?

– Non, bien sûr que non.

Le jour ne perçait pas encore au travers des vieux volets rongés que j'avais exceptionnellement fermés pour Dylan. L'hiver prenait ses aises, s'étirant en longueur le matin, grignotant la luminosité en fin d'après-midi. Tout comme Bowie lové sur un de mes oreillers. Il ne faisait que dormir. Sans doute que sa séniorité réduisait son agilité et son envie de crapahuter ou de fouiner un peu partout. Même le félin finissait par s'encroûter. Il passait maintenant le plus clair de son temps dans ma chambre. J'aimais sa présence (constante) à mes côtés, malgré son dédain.

– C'est bien que tu sois là.

Il s'est redressé sur le fauteuil, s'est frictionné les cheveux pour se remettre les idées en place.

– Personne ne la regrettera cette salope !

– Mouais, c'est bien vrai…

– Elle a été moche avec toi. J'ai conscience que c'était dur, même si je me doute que tu ne m'aies pas tout dit…

– Tu sais… Le temps de réaliser ce qu'il se passe… De comprendre si c'est normal ou pas… D'accepter de ne pas être responsable, mais bien victime… C'est un lent processus, difficile…

– J'aurais aimé pouvoir faire plus, a-t-il regretté sur le ton de la confession. Je ne t'ai pas assez aidée, Romy. Ni l'école d'ailleurs ! Cette foutue Mauricette Leblanc, sous ses airs de bien faire, une vraie faux cul, elle n'en branle pas une !

Ses mots m'ont réchauffé un cœur meurtri. J'ai apprécié son repentir, même si je n'avais aucune récrimination à son égard. En revanche, Mme Leblanc, la professeure principale, oui, j'en avais des tonnes. Elle m'avait endormie avec ses sourires mielleux qui se voulaient rassurants. Me faisant croire (devant maman) qu'elle allait m'aider. Finalement, elle n'avait rien fait. Avait-elle seulement transmis mes plaintes à la direction ? Je n'en étais plus vraiment sûre. Ou alors ils avaient étouffé l'affaire. Le harcèlement scolaire restait un sujet tabou, ardu à traiter. Hum, des emmerdes en perspective. Par quel bout commencer ? Comment procéder ? Sans trop faire de vagues ? Il y allait de la réputation de l'établissement. Qui croire ? Quelles preuves ? Et puis (entre nous) ça pouvait être mis sous le tapis. Oublier, tasser l'histoire, faire bonne figure. La victime ? Oh ?! Elle en verrait d'autres. Le cuir durci, elle finirait par prendre sur elle, se carapaçonner.

– Heureusement que tu étais là… Sans toi, j'aurais flanché…

L'émotion mouillait ses yeux. Bouleversée, j'ai songé à nos années d'amitié. On se connaissait depuis le primaire. Depuis cette rentrée des classes où (pas plus hauts que trois pommes) perdus dans l'immensité de la cour de récréation, sous les feuillus qui ombrageaient nos têtes blondes, nous nous étions trouvés. Chacun à un bout, planté dans notre solitude encombrante, avec l'appréhension de l'inconnu et des étrangers. Très vite, j'avais craqué pour sa frimousse triangulaire, sa tignasse bouclée et sa silhouette maigre. Ses prunelles douces étincelaient. Son sourire s'était posé sur mes rondeurs avec délicatesse. C'était la première fois qu'on me regardait ainsi. J'avais mis ma robe verte plissée et mes baskets blanches. Les cheveux tressés enroulés en corolle autour de mon front. J'avais l'air follement rétro. La démarche timide, il s'était approché, m'avait demandé s'il pouvait se positionner avec moi en rang à la sonnerie et en classe. Si contente de son premier pas, j'avais alors réfréné un hurlement de joie pour attraper fermement sa main, chaude et sûre.

Je crois bien que ce jour-là, j'en suis tombée raide dingue.

– Si on sortait ensemble ?

Esquissant un sourire exquis, il m'a balancé ses chaussettes au visage. J'ai esquivé, mais le chat n'a pas apprécié nos chamailleries. Il a sauté sur la commode pour aller se percher sur l'armoire, à l'écart des jets d'objets identifiés. Je ne comptais plus les fois où je lui avais proposé de basculer notre amitié en autre chose que j'espérais être de l'amour. En vain. Je me prenais râteau sur râteau.

– Tu es infatigable ?!

– Tenace.

– Hum…

– Alors ? Réponds beau gosse ! Je suis sous le charme de ta gueule endormie au saut du lit. Je frémis.

– Arrête un peu, Romy. T'es chiante ! On en a déjà parlé.

– Je ne me souviens plus de ta réponse, ai-je protesté.

– Si, si, tu sais très bien. Notre amitié est trop précieuse pour qu'on prenne le risque de tout gâcher pour…

– Une histoire de cul ?

– Pour je ne sais quoi… Mais, quand ça part en cacahouète, impossible de revenir en arrière.

– T'es homo ?

– Merde, Romy. T'es relou !

– Bi ?

– Romy !

– Pansexuel ?

– J'vais me casser si tu continues à me gonfler avec ça.

– Bon d'accord, ai-je bafouillé précipitamment alors qu'il enfilait ses vêtements pour lier le geste à la parole. Déconne pas, Dylan. Je me tais. Promis.

Stoïque, les lèvres pincées en fermeture éclair invisible, j'ai écarquillé de grands yeux dociles derrière mes lorgnons rouges. Il a mis sur pause son habillage, m'a scrutée pour sonder la véracité de mes dires, puis a secoué la tête.

– J'ai faim, a-t-il finalement conclu.

Il allait me rendre dingue. Mon Dylan chéri. J'ai fait genre « *ton refus ne me touche pas* », alors qu'il n'en était rien. En vérité, il allait me tuer à petit feu à repousser sans fin mes avances. Dieu seul savait pourquoi je persistais à lui demander, sur le ton de la plaisanterie. D'autant que c'était bien connu, on ne badinait pas avec l'amour. Sans doute, l'espoir de le voir fondre sous mes yeux, se ruer vers moi, attraper mon visage et m'embrasser éperdument. Je pensais à notre amitié indestructible et j'étais convaincue qu'il préférait les garçons. Sa sensibilité subtile, raffinée, mais aussi les regards qu'il décochait à Théo, la nouvelle coqueluche du lycée, me confortaient en ce sens. Il ne parvenait pas à faire son coming out. Je pouvais aisément le comprendre, mais pas avec moi. Il devait pouvoir m'en parler. J'étais sa meilleure amie. Je pouvais tout entendre, tout appréhender. Ça m'aurait déchiré le cœur (même plus, dévasté, déchiqueté, pulvérisé), mais ça m'aurait évité de rapporter ça à mon mal-être, de penser que je n'étais pas désirable (juste la bonne grosse copine, pas celle qu'on baisait, mais celle qu'on amusait et qui restait là, fidèle au poste). Peut-être aussi que ma drague à répétition l'encourageait à me taire son homosexualité par peur de me réduire en miettes (la pauvrette, la gentille lourdingue qui allait craquer et fondre en larmes).

– Allez luciole, on va petit-déjeuner ?

Remisant mes états d'âme à plus tard, j'ai enfilé ma robe de chambre. Soudain, un éclair de génie m'a traversé l'esprit. J'ai voulu savoir s'il avait son portable sur lui. J'ai grimacé en croisant les doigts pour conjurer le sort. Mais, bien évidemment, mon oncle lui avait confisqué au moment où il lui distillait ces menaces « *Surtout ne lui dis rien…* » J'ai enragé, les mâchoires serrées. J'étais clairement au milieu d'une sombre machination. Ma famille bien-aimée ourdissait un complot à mon encontre, pour je ne sais quelle raison.

14

Un soleil timoré s'engouffrait par la fenêtre de la cuisine ce matin-là, chassant mes angoisses nocturnes. La neige avait fondu, mon oncle avait raison. Seule la boue gonflait les bords de l'allée, là où Edison avait repoussé les monticules poudreux pour dégager le passage. J'étais triste que la blancheur n'eût pas pris goût au Domaine plus longtemps. C'était si beau, irréel. Ça paraissait éternel.

La table était dressée pour deux. Une brioche appétissante, de la confiture et même de la pâte à tartiner trônaient au milieu. J'en ai salivé d'avance.

Maman s'affairait en cuisine à préparer un rôti. Elle a esquissé un sourire mélancolique. Edison avait passé la nuit en garde à vue. J'avais presque oublié. Aussitôt, les images des séries télévisées ont surgi. La cellule sordide, insalubre, déshumanisée. Les fissures qui craquelaient les murs, les inscriptions des précédents occupants de passage, les traces d'urine, de sang que la javel ne parvenait plus à masquer. *Pauvre Edison*, ai-je songé. On avait dû lui retirer sa ceinture Ralph Lauren qu'il adorait, sa montre en bois solaire dont il était si fier. Des cadeaux de maman. Il avait dû être interrogé jusqu'à en perdre le sommeil… Tabassé peut-être ? Torturé ? *Non* bien sûr, j'exagérais. Néanmoins, je tremblais d'effroi pour lui. Ce n'était pas un mauvais bougre. Il était investi chez nous depuis son arrivée trois ou quatre ans auparavant. Parvenant même à créer son trou dans notre famille. Venu de nulle part (enfin d'Argentine, mais c'était tout comme, car il parlait peu de son passé), il avait fait escale au Domaine par hasard. Resté au départ à peine quelques jours, une halte dans son périple en France, il avait troqué ses services d'homme à tout faire contre le gîte et le couvert. Il était plutôt doué, courageux. Les jours s'étaient alors mués en mois, puis les mois en années.

Je n'ai pas compris son arrestation. D'autant que je ne voyais pas en quoi il était concerné par la mort de Greta Sanchez. Ça semblait aberrant. Les raisons devaient se trouver du côté des méchantes rumeurs évoquées par Dylan. Il était l'étranger de passage, l'inconnu mystérieux, qui trimbalait des secrets peu avouables, à la peau métissée de surcroît. Il cochait toutes les cases permettant de regrouper sur lui des accusations faciles. Il était l'évidence simple et nette. Néanmoins, je restais convaincue que la police ne serait pas dupe très longtemps. Elle pointerait rapidement les incongruités de sa potentielle culpabilité.

Gigi nous a servi nos boissons chaudes. Un chocolat pour moi, un grand bol de café pour Dylan, un thé pour elle. Nous nous sommes empressés de dévorer nos tranches de brioche. Son mug entre les mains, elle a soufflé sur la vapeur parfumée. Sa mauvaise nuit se reflétait sur son visage soucieux. Les yeux rougis laissaient même percevoir que les larmes étaient venues la chahuter.

Mon oncle a fait une incursion pour nous observer un instant et s'assurer que Dylan avait tenu sa langue. Ce dernier est à nouveau passé par toutes les couleurs de l'arc-en-ciel. Il devait penser à ses dents et au puits dans lequel il avait menacé de le jeter, lesté comme un vulgaire sac à patates. J'ai soupiré d'agacement.

– Je ne sais pas à quoi vous jouez tous ?! Mais, ça n'est pas sympa.

– À rien, m'a rassurée maman. T'inquiète ma chérie.

Mon oncle est reparti, en silence, l'air sombre. Depuis, le bout du salon, il a allumé la radio sur un programme de musique classique. Il faisait toujours ça quand il était préoccupé. Se retrancher dans son cocon symphonique, enrubanné dans la fumée de son cigarillo. Les vannes de son ancienne dépression, qui l'avait secoué à Paris, paraissaient se rouvrir et ramener des laisses de mer, qui charriaient la nausée.

Lui, non plus, ne s'exprimait pas sur son passé.

Au fil des années, j'avais surpris des bribes de discussions entre lui et Gigi ou Pablo. J'avais reconstitué le fil de son histoire parisienne (ou tout du moins la version que je m'en faisais). Entre le moment où il avait embarqué Gigi à quinze ans et celui où ils étaient venus habiter au Domaine, une période de cinq ans s'était écoulée. Son existence trépidante de spéculateur en bourse endossée avait explosé en plein vol, lors de la crise des *subprimes*. Ne vivant que pour et par l'argent, son boulot, un train de vie fastueux, enchaînant les conquêtes, les soirées huppées et les déplacements entre Paris, Francfort et Londres. Le tout shooté aux diverses drogues à la mode et alcools, lui permettant de tenir le coup, de supporter la fatigue, le stress, la compétition perpétuelle entre collègues pour décrocher la palme du meilleur trader « *of the year* », avec les primes qui tintinnabulaient dans le tiroir-caisse. Il accumulait les affaires, engrangeait les succès, excellait dans son domaine. Jusqu'à l'affaire de trop, ficelée de travers, celle qui avait mal tourné. Une infime erreur d'appréciation due à l'épuisement, les excès ou le relâchement de se croire invincible et, soudain, la catastrophe, des centaines de milliers d'euros perdus en une poignée de secondes. KO. La chute avait été vertigineuse. L'impact brutal. Son meilleur ami et confrère, avec qui il faisait équipe, n'avait pas supporté. Il s'était défenestré d'un immeuble de dix étages, laissant une veuve éplorée et une orpheline. André Lherminet avait été brisé net à deux reprises. Lui aussi avait songé à mettre fin à ses jours, mais emporté par la dépression, il s'était ramolli, cloîtré dans sa chambre, refusant drogues et alcool, mais fumant sur de la musique classique. Gigi avait déniché la perle rare. Un psychothérapeute qui avait pu l'extirper de son mal-être, le faire verbaliser, accepter, cheminer.

J'avais compris que ma présence y était pour beaucoup. J'étais petite, il m'adorait et se sentait une responsabilité infinie à mon égard. Celle d'un second papa. Alors, il avait pu (lentement) remonter la pente, à nos côtés. Mais ça avait dû passer par un changement radical de vie. Quitter Paris, le CAC 40, ce métier, et tout ce qui lui rappelait son ami. Quand l'agent immobilier l'avait conduit au Domaine, dans cette magnifique campagne éloignée, sans même avoir tout visité, il avait su que c'était l'endroit où le phénix renaîtrait de ses cendres. Le terrain immense permettait de jouir d'un isolement retentissant, tout en étant à une dizaine de kilomètres de la civilisation et du village le plus proche. Les élégantes dépendances s'affichaient en nombre, autant d'écrins pour concevoir, abriter les envies des uns et des autres. La ferme pour toute la famille, avec l'écurie, l'étable, la bassecour, le clapier, la laiterie, le four à pain… Ils étaient tous littéralement surexcités de cette nouvelle vie, authentique, reconnectée à la nature, des projets à concrétiser. Le salon de coiffure de Gigi, l'atelier d'artiste de Pablo, le terrain de jeux paradisiaque pour mon petit frère et moi, le havre de paix pour André Lherminet.

Je me souvenais de l'effervescence de l'emménagement au Domaine, comme si c'était hier. Le débarquement avec la camionnette et notre Combi Volkswagen (acheté pour l'occasion). Nous n'avions pas pris grand-chose de l'appartement. Tout ce qui était estampillé du passé parisien (de trader) de mon oncle avait été vendu ou donné à des associations caritatives. L'essentiel était empaqueté : la (fabuleuse) collection de vinyles (classiques et pop-rock), la chaîne hi-fi, des livres d'art, les beaux meubles et objets chinés chez des antiquaires. Le plus volumineux était le matériel artistique de Pablo. Gigi n'avait toujours qu'une mallette de coiffure, quelques perruques (rien au regard des achats à venir qui constitueraient son salon dans la laiterie), ainsi que le barda et les affaires du bébé.

Nos cœurs excités enluminaient nos visages. Les rires ponctuaient les allées et venues, les bras chargés de cartons, de bric-à-brac. J'avais passé mon temps à les embêter, à fouiner partout dans le fourbi, à m'interroger ou m'émerveiller sur tout. Ça restait un de mes plus beaux souvenirs. J'aimais la vie à Paris, mais je préférais de loin être en harmonie avec la flore et la faune. J'avais revêtu mes habits d'aventurière, prête à partir à la découverte de la propriété, inventant des histoires à dormir debout ou à effrayer plus d'un petit citadin. Très vite, j'ai réalisé que la peur ne m'effleurait pas, même la nuit quand la forêt se noircissait, résonnait de hululements lugubres, frissonnait au rythme des animaux nocturnes qui sortaient des terriers, rampaient sur les arbres, volaient sous un ciel de lune. J'étais déjà contemplative, solitaire, et ça ne s'était pas arrangé à la campagne. Mon enfance avait alors pris un essor nouveau, où mes sens s'affûtaient, surtout ne rien perdre de ce qui m'entourait. Mon oncle n'arrêtait pas de m'observer, dans son nuage de fumée. Mon bonheur agissait sur lui, lénifiait ses blessures, pommadait d'un onguent miraculeux son âme douloureuse. Un sourire joyeux ne quittait plus mes mâchoires. J'offrais de la gaieté, je papillonnais, je vivais éperdument.

– Bon, j'y vais !

L'ovale du visage dans la paume de la main, ma rêverie m'embarquait dans un passé précieux. Dylan m'a secoué délicatement l'épaule, répétant qu'il devait partir au lycée. Extirpée de mes pensées, j'ai soupiré. J'aurais aimé qu'il reste avec moi toute la vie. Une fine trace de confiture lui nappait le menton. Si je pouvais l'embrasser à cet endroit, mon baiser aurait un goût de framboise. Hum… Mais il a brisé ma douce divagation. Il allait au bahut suivre les cours le matin, puis il rentrerait chez lui voir si sa mère ou ses frères et sœurs n'avaient besoin de rien. Loin des humeurs coupables d'avoir découché (même s'il avait prévenu ses parents avec le téléphone fixe la veille), sa charge d'aîné le rappelait à la raison. Au moins, passer, faire ce qu'il avait à faire. Il m'a promis de rappliquer le soir et de dormir au Domaine. J'ai souri. Son absence allait me ronger tout le jour, mais il reviendrait. Ça suffisait à rassurer mon cœur et à coudre un fil d'espérance sur les pourtours.

Mon Dylan était un mec bien.

15

Après son départ, Gigi m'a demandé d'aller nourrir les bêtes. Edison en garde à vue, elle ne s'en sortait pas toute seule. Un peu d'aide s'avérait appréciable, d'autant que Pablo et son frère ne lui étaient d'aucun secours sur les aspects pratiques de la vie à la ferme. Dès le réveil, elle s'était mis en tête d'entreprendre un grand ménage de printemps en plein hiver. Une manie infernale. Le hérisson déployait sa carapace d'épines. Elle, c'était le seau et la serpillère. Elle ne pouvait s'en empêcher quand elle était chagrinée ou contrariée. La pluie lourde, qui floutait la visibilité, obscurcissait la route, embourbait tout. La boue charriait les cailloux, l'eau s'écoulait à flots, elle ne voulait pas s'enliser dans sa peine. L'action était le seul remède qu'elle avait trouvé pour s'épuiser le corps et se vider l'esprit. Ça marchait à tous les coups.

Les cheveux roux noués d'un large turban, affublée d'un tablier et gantée de latex, elle semblait poser pour une publicité mettant en scène la ménagère des années 1950.

– T'es trop belle ! ai-je susurré.

Un sentiment d'amour immense m'a envahie d'un coup. Je débordais d'un trop-plein de tendresse, qui voguait à sa rencontre, se diluait dans la clarté de son âme, celle qui comprenait tout, acceptait tout, pardonnait tout.

– Allez, hop, hop, hop ! Au boulot, Romy !

Je suis partie en courant me débarbouiller. J'ai enfilé mes vêtements de ferme. Un jean élimé, un tee-shirt « *Johnny Depp* », un pull camionneur et ma doudoune.

Bowie roupillait sur la margelle de la fenêtre. Il a daigné ouvrir un œil. Un dixième de seconde. Il semblait mourir d'ennui. Même la faim ne le tiraillait plus comme avant. Sa gamelle peinait à se vider de croquettes. Un jour, je serai comme mon chat, vieille, périmée, rabougrie, exsangue et j'userai mes journées dans un fauteuil, devant la vitre, à lorgner par les fentes de mes paupières la luminosité trop incisive. Je ronflerai (les vieux ronflent c'est bien connu), dévoilant mon dentier de travers, un filet de bave glissant sur le menton. J'ai souri, lui ai balancé une chaussette sale qui traînait par terre. Aucune réaction. Il devenait chiant avec son mépris.

Sans plus de façon, je suis passée devant la chambre de mon frère (j'ai tendu l'oreille, mais pas un bruit, ces derniers temps, il me faisait des farces à s'enliser dans un silence poisseux), j'ai dévalé l'escalier. Polnareff hurlait *Dans la maison vide*. Pliée en deux, Gigi astiquait le sol de la cuisine à l'aide de son balai coiffé d'une serpillère. Le carrelage était inondé d'eau savonneuse. J'ai fait gaffe, marchant sur la pointe des pieds. Elle a soupiré pour relever une mèche de son front, sans prêter attention à ma présence. Le teint écarlate, elle mettait une énergie folle à lessiver. Une fraîcheur d'eucalyptus embaumait la pièce.

J'ai tracé ma route.

Dans l'entrée, j'ai enfilé mes bottes, mon bonnet, enroulé mon écharpe autour du cou. L'odeur des chevaux s'est infiltrée dans mes narines. J'adorais ça. Une de mes « *madeleines de Proust* ». Les premières fois au Domaine après leur sauvetage de l'abattoir, j'avais dormi avec ma bombe sur l'oreiller, à mes côtés. Ça me donnait le sentiment d'être avec eux à l'écurie, de ne faire qu'un avec ma monture, d'être immergée dans un roman de *L'Étalon noir* de Walter Farley. Un pur bonheur sensoriel. Gigi n'était pas fan, angoissée par les potentielles bactéries. Mais elle m'avait laissée faire en constatant ma félicité.

En sortant de la maison, j'ai regardé par la fenêtre de ma chambre, machinalement. Une boule de poils roux attestait de l'invariance de Bowie à pioncer sur le rebord. J'ai aperçu mon frère aussi. Dans son sweat rouge, la capuche sur la tête, sa pâleur fantomatique lui creusait des cernes noirs. Il était patraque. Je n'aimais pas trop le savoir à farfouiller dans mes affaires. Mais, bon, on passait tout au petit dernier.

Le froid était saisissant sous un ciel gris. Mes semelles s'enfonçaient dans la terre humide, émettant de réguliers

« *sploc, sploc* ». Je regrettais la neige. Je regrettais Dylan. Je regrettais *presque* le lycée. C'était l'heure du cours de mathématiques (ma bête noire). Avec miss Bigoudis qui excellait dans l'art de friser ses cheveux en magnifiques boucles bien rondes et dans la théorie des calculs algébriques, des puissances, racines carrées, des équations ou autres nombres réels. Rien que d'y repenser, la migraine frappait aux portes de mon crâne. Saloperie de chiffres ! Pourquoi devait-on se farcir la tête de savoirs inutiles ? J'étais indécrottable dans cette matière. Nul besoin pour ma carrière future, c'était follement injuste de me martyriser à chaque cours ou interrogation. En plus, la prof avait un souci majeur d'hygiène ou d'habitude alimentaire. Elle schlinguait. Un mélange de sueur aillée. Un poison qui nous tuait à petit feu pendant ses démonstrations. Heureusement, Dylan avait prétexté être claustrophobe, elle nous avait donc placés (comme nous allions de pair) près d'une fenêtre. La stratégie était de venir bien couverts pour tenir le cours, la vitre grande ouverte. La puanteur nous épargnait alors que beaucoup d'étudiants passaient l'heure le nez enfoncé dans leur manche ou leur foulard. Certains balançaient bien des réflexions malpolies, mais elle n'y voyait que du feu.

J'ai nourri les animaux, les uns après les autres. Poules, canards, oies, lapins, vaches, pour finir par les chevaux, mes préférés, et l'âne. Dans l'écurie, les chiens se tenaient au chaud dans la paille. Ils ont dressé leurs truffes curieuses, agité leurs queues joyeuses. Je les ai salués d'une caresse sur la tête. Les chevaux (gris), eux aussi, ont perçu ma présence. Remuant dans leur stalle individuelle, s'ébrouant, ils sont apparus, secouant leur encolure en signe de bienvenue. On a passé un agréable moment ensemble. J'ai retourné la paille, enlevé les excréments, et avant de les nourrir, je les ai pansés en douceur avec la brosse, le peigne, l'étrille, le cure-pied, l'époussette pour lustrer. C'était mon activité le week-end ou pendant les vacances, un peu moins la semaine avec l'école, Edison prenait alors le relais. En communion avec Flip et Flop, qui quémandaient d'un coup de museau, d'un hennissement, s'impatientaient de leur tour, martelant le sol fourragé de leurs sabots. Sans négliger l'âne, Pépito. Plus affectueux que têtu.

Il faisait bon dans l'écurie, au contact des équidés. Je ne pensais à rien ou si peu, me laissant bercer par le travail physique. Sous mes couches de vêtements, mes muscles se tendaient, mon corps mou se durcissait par endroits. Une fierté me gagnait en réalisant les bienfaits du régime et du sport. Les kilos perdus se sentaient sur mes hanches, ma taille, mes cuisses. J'ai alors compris que je ne voulais pas gâcher cette *petite* victoire. Il me faudrait le dire à Gigi pour ne pas tout foutre en l'air après des mois d'efforts douloureux.

J'allais quitter les lieux, après les dernières caresses aux animaux, quand un rectangle noir, coincé dans une barrière, m'a interpellée. Intriguée, je me suis emparée de l'objet. Un carnet. Celui de Désiré. Que faisait-il ici ? Sans doute oublié lors de ses aventures de Miniranger. Il allait être content de le retrouver. Je l'ai feuilleté, sans trop de curiosité, plus par réflexe de confirmer une supposition. Son écriture tarabiscotée, maladroite, qui glissait des lignes, m'a rassurée. Des dessins illustraient ses réflexions enfantines. Ils étaient réussis. Son coup de crayon saisissait l'essentiel, en quelques traits, minimalistes. Sur la dernière page, il avait croqué Flip (gris comme Flop, mais avec un losange blanc sur la tête) majestueux. Il avait légendé : « *Promis à une mort atroce à l'abattoir, Flip va finir sa vie d'équidé au Domaine. Paisiblement.* » Aucune faute d'orthographe, ce qui du haut de ses onze ans s'apparentait à un exploit. Des brins de paille étaient insérés entre les feuillets. Je l'ai refermé et je suis repartie. Les chiens m'ont suivie. Étrangement, électrisés par ma trouvaille.

16

Le désarroi m'a noué le ventre. La voiture de Rosario Félix était plantée dans l'allée. La légèreté, qui m'étreignait il y a peu, s'est évaporée dans le froid piquant de janvier. La vapeur blanche sortait de ma bouche. Ce satané flic poursuivait son travail de sape. À nous enquiquiner, à chercher la petite bête, le truc qui clochait… À moins que… ? Oui, à moins que… pris d'un sursaut d'espoir… J'ai frémi. Il ramenait peut-être Edison de l'épreuve de la garde à vue. Du coup, j'ai accéléré le pas. Des ailes sorties de mes omoplates me soulevaient de terre. J'avais seize ans, mais l'âme éternelle de mes six ans. Mon oncle disait que mon plus grand charme résidait dans cet enthousiasme inépuisable que les années n'altéraient pas.

Il n'en était rien. Dépitée, je me suis calée dans un coin de la cuisine (à la propreté éclatante). J'ai observé, muette. Il discutait avec Gigi et André. Les visages fermés, préoccupés. Rosario Félix venait d'arriver. Edison restait au poste. Muré dans un silence coupable, il ne parvenait pas à en tirer quoi que ce soit. Et c'était ennuyeux, car son ADN avait été retrouvé dans la fermeture éclair du blouson de Greta Sanchez, près du col. Du sang et un minuscule bout de chair. Ce qui fut confirmé par la coupure qu'il avait à l'index droit. Le lien était clairement établi entre la victime et Edison. Néanmoins, ce dernier ne répondait à aucune des questions posées, en dehors du fait qu'il maintenait être à Paris, chez un ami dont il se refusait à dévoiler l'identité. Autant dire que son mutisme conjugué à l'ADN l'accablaient et le pointaient en coupable tout trouvé.

Gigi s'est indignée. Une ineptie. Edison était incapable de faire le moindre mal à quiconque, encore moins à une adolescente de seize ans (aussi horrible soit-elle).

– Greta Sanchez n'était pas une tendre, a renchéri Rosario Félix. Nous avons interrogé les lycéens de sa classe, ses professeurs et l'équipe de direction. Elle a harcelé et maltraité plusieurs personnes. Mais Romy s'avérait sa victime préférée.

En prononçant mon prénom, il m'a regardée avec insistance. Une secousse m'a parcouru l'échine. Il me mettait mal à l'aise avec ses sous-entendus à la noix. Subitement, j'aurais aimé me rendre invisible, disparaître de la pièce.

– Tu n'as rien à dire, Romy ?

Les yeux médusés, j'ai fait non de la tête. Mécaniquement. Je n'avais pas envie d'être mitraillée de questions. Le front plissé, il ruminait ses nombreuses interrogations. Mes poings serrés dans mon dos, j'ai résisté.

– Edison qui saisit Greta Sanchez par le colbac, ça ressemble à s'y méprendre à une menace. Non ?

En même temps qu'il parlait, je m'imaginais la scène, avec une netteté extraordinaire. Il lui gueulait en pleine face de me foutre la paix, la mitraillant de postillons menaçants, sinon il lui passerait, à tout jamais, sa cruauté. Greta Sanchez tremblait, de la tête aux pieds, faisait même dans son froc. Son faciès de Viking transfiguré par la frousse. Elle l'implorait de l'épargner, de la lâcher. Le visage noyé de larmes. Je n'ai pu m'empêcher de jubiler à visualiser sa souffrance (elle ne l'avait pas volé), mais Edison ne pouvait pas avoir fait un truc pareil. Non. Impossible. Pas lui.

Subitement, je me suis demandé pourquoi elle était ligotée et bâillonnée. Peut-être n'avait-elle pas craqué ? Mais rendu coup pour coup, agressive et violente comme elle savait l'être. La réduire au silence devenait la seule option, sans la tuer, puis l'abandonner dans la cabane, laissée pour morte. Les températures de janvier terminaient le boulot.

– Rosario ? a supplié Gigi. Romy a beaucoup souffert des nombreuses turpitudes de cette horrible gamine. Elle est fragile…

Maman s'est approchée, s'interposant entre lui et moi. Son instinct maternel ourlait ses lèvres de détermination.

– Je n'ai pas le choix. Une jeune fille est morte. Même si c'était un monstre, je dois trouver qui a fait ça.

Puis, se tournant vers moi :

– Tu as sollicité l'aide d'Edison ? D'aller la secouer un peu ? De lui faire peur ? De lui casser la gueule ?

– Mais non ! ai-je bafouillé, scandalisée.

– Tu voulais, et c'est bien compréhensible, qu'elle cesse les brimades qu'elle te faisait subir au quotidien ?

– Oui, elle était méchante.

– Tu vois.

– Je n'ai rien demandé à Edison. Et il ne peut pas l'avoir tuée !

Du haut de mon mètre soixante-cinq, j'ai affirmé mes convictions. Je n'ai pas flanché, j'ai soutenu son regard, alors que maman m'entourait les épaules de son bras solide.

– Et puis, il était à Paris ce week-end chez un pote à lui. Il a dû vous en parler ?

– En effet, cependant il ne veut pas nous dire *chez qui*. Impossible de vérifier son alibi. Encore une zone d'ombre. D'autant que nous avons des témoins (en dehors de ses parents au réveil) qui confirment avoir vu Greta Sanchez le samedi en début de matinée, à la boulangerie. Donc, elle aurait disparu de la circulation après neuf heures trente, heure à laquelle plus personne ne semble l'avoir aperçue.

Soucieuse, je ne pigeais pas l'attitude d'Edison. Ça ne collait pas. Il aurait été disculpé instantanément. Restait à comprendre la présence de son ADN sur la fermeture éclair de son anorak.

– Je dois perquisitionner sa chambre. Un collègue et un type de la scientifique vont arriver d'une minute à l'autre pour m'aider dans cette tâche.

Le silence a éclaté. Mon oncle rongeait son frein depuis de longues minutes. L'intrusion de la police au Domaine ne lui plaisait pas du tout. La dernière fois qu'il avait eu affaire à eux, c'était à Paris, pour enquêter sur la mort de son associé et ami, ainsi que sur la transaction foirée en Bourse. Il s'était juré de ne plus devoir revivre un truc pareil. Et là, ces certitudes volaient en éclats. Ce qu'il redoutait survenait même ici, dans son havre de paix.

Un bruit de moteur a annoncé l'arrivée d'une seconde voiture de police. Rosario s'est fait indiquer la chambre en question. Dans l'entrée, sur la gauche. Deux collègues l'ont rejoint, dont l'un avec une mallette (pour effectuer des prélèvements).

La curiosité m'a démangé de les suivre, malgré la répulsion de les savoir en train de briser l'intimité d'Edison, de fouiller ses affaires, de tout remuer sens dessus dessous. J'ai eu honte.

– On peut te laisser ? s'est enquise Gigi, l'air pincé.

– Oui, si j'ai besoin je vous appelle.

– Je vais rester là, a dit mon oncle, excédé de tout ce ramdam intrusif.

Les policiers se sont engouffrés dans la pièce. Un détachement froid imprégnait leurs visages de professionnels, rompus à inspecter sans états d'âme les intérieurs, derrière les murs ou les secrets des autres. Ils prirent soin de refermer la porte après eux.

André Lherminet s'est mis alors à marcher de long en large, promenant un nuage de fumée. Le lion en cage réfrénait son irritation à fleur de peau. Depuis le premier jour, ce gaucho de la pampa ne lui disait rien qui vaille. Trop de mystères dans son sillage. Il n'évoquait jamais son passé, d'ailleurs il ne parlait pas aux flics (actuellement). Il avait forcément trempé dans des affaires louches ou réalisé des trucs sordides. Un homme de main. Il l'imaginait ainsi, le couteau dans la santiag et la pétoire dans un holster dissimulé sous les fringues. Mais personne ne l'écoutait dans la famille. Soi-disant qu'il exagérait, s'inquiétait pour trois fois rien. Ça ne s'était pas arrangé quand Gigi s'était entichée de lui. Une attraction sexuelle *fatale*. Pablo trouvait plaisant qu'il puisse la combler (lui qui n'y arrivait plus physiquement). Il adulait tellement sa femme que ce compromis et la praticité de celui-ci (un amant sous leur toit) lui évitaient de la perdre. Leur amour (à eux deux) touchait au merveilleux, il le répétait bien assez souvent.

– Tu viens ?

Maman m'a entraînée à l'étage, à l'écart de ce marasme. Pour me protéger. Je montais les marches quand je me suis souvenue du carnet. Je le lui ai donné, elle s'est figée en pleine ascension. Le visage blême, elle s'est effondrée, en pleurs.

17

– On va le lui rendre.

La main sur la poignée de la porte de la chambre de mon frère, Gigi m'a saisi le bras. Ses doigts me serraient. Je l'ai regardée. L'incompréhension m'a envahie.

– À quoi tu joues ?

– À rien.

J'ai tenté de lui faire lâcher prise, car elle me faisait mal.

– Arrête ça, ma chérie, a-t-elle hoqueté. Arrête ça tout de suite.

Elle a reniflé, s'est mouchée puis a remis de l'ordre sur son visage chamboulé. Un rose framboise colorait ses pommettes, lui conférant une fragilité désarmante. Elle détestait perdre pied. Dans la maîtrise de ses émotions (négatives), sous des dehors joyeusement toqués, elle offrait l'image de la douceur déterminée. Sa trajectoire, depuis le choix opéré à l'âge de ses quinze ans, était guidée par cette ferveur et ce dogme de vie. En quittant ses parents bourgeois, rigides et ternes, elle avait embrassé l'enthousiasme des jours heureux (qu'elle m'avait infusé par le cordon ombilical). Et s'ils ne l'étaient pas toujours, elle s'évertuait à les rendre « *heureux* ». On devait pouvoir tordre le cou aux obstacles pour les remettre dans l'axe. J'appréciais tout particulièrement cette facette de sa personnalité, qui embellissait nos vies, les criblait de pétards d'allégresse.

D'un geste prudent, j'ai retiré ma main de la poignée de porte.

Je l'ai observée, pensant que ça suffirait à lui restituer son entrain.

Ses lèvres ont tressailli. Une étincelle a brillé (fugace) dans l'encre de ses prunelles. La tristesse larmoyante s'est muée en amertume métallique. J'ai détesté ces yeux d'étrangère qu'elle a déversés sur moi.

Ma Gigi charnelle, sensuelle, maternelle s'était fait la malle. Quelle mouche l'avait piquée ?

D'un haussement d'épaules, j'ai signifié que ça n'était pas bien important. On lui restituerait son carnet plus tard. Une autre fois. Bizarrement sa réaction n'a pas été celle escomptée. Les larmes ont suinté sur ses joues. Une tristesse acrimonieuse lui crevait les yeux alors que sa poitrine se soulevait par à-coups brefs et successifs. L'air s'est raréfié, elle semblait au bord de l'asphyxie.

Dès que j'évoquais Désiré ces derniers temps, elle se fermait comme une huître ou se braquait.

– C'est monstrueux, a-t-elle marmonné, la gorge nouée. Tu es monstrueuse…

Blafarde, elle a vacillé, s'est calée contre le mur pour éviter de tomber. Plus aucun son ne sortait de sa bouche.

J'ai paniqué. Maman défaillait. Je n'ai rien compris, en dehors du fait qu'elle allait mourir sous mes yeux. Et j'étais là comme deux ronds de flan. Je n'ai su quoi faire ni comment réagir. En un quart de seconde, j'ai pris l'initiative de redescendre chercher de l'aide.

– Je reviens tout de suite, maman. Ne bouge pas.

Cette remarque était particulièrement stupide, car Gigi n'avait pas la capacité de se mouvoir. Tout juste de glisser le long du mur et de s'effondrer au sol. Je devais faire vite.

Après un dernier regard vers elle (angoissée à l'idée de la laisser seule le temps de trouver des secours). J'ai pris mon élan, dévalé les escaliers. Mince... Mon oncle ne faisait plus les cent pas devant la chambre d'Edison. J'ai hésité (je ne voulais pas aller voir les flics), j'ai finalement choisi d'aller chercher Pablo. C'était idiot (là aussi, j'avais du mal à réfléchir normalement) car, coincé dans son fauteuil, mon père ne me serait pas d'un grand renfort. Fort heureusement, il n'était pas suspendu dans le vide à souder le hibou. D'ailleurs, le pieu était déjà fixé au bout d'une aile dépliée. L'odeur de brûlé consécutive à ses travaux de soudure prenait à la gorge, à peine avait-on poussé la porte de son atelier d'artiste. La vidéo tournait en boucle sur le rectangle blanc tendu sur le mur. Les statues marines poursuivaient inlassablement leur traversée du Rubicon, au milieu des bancs de poissons curieux. Le souffle régulier de la respiration *via* le détendeur de plongée inondait l'atmosphère.

Sur son fauteuil, Pablo observait une toile vierge de peinture. Le menton dans la main, il semblait songeur. Sans doute cherchait-il l'inspiration ?

J'ai foncé jusqu'à lui, bafouillé mon angoisse.

– Maman n'est pas bien. Viens vite !

– Où est-elle ?

– Devant la chambre de Désiré.

Il a grimacé, percevant la gravité de l'événement. Puis m'a suivie dans son bolide électrique à larges roues. Le modèle récent était maniable. L'anxiété s'est effilochée en filaments poudreux dans notre sillage. Je courais, priant Dieu et ses Saints-Pères pour que Gigi n'ait pas rendu l'âme. Essoufflée, j'ai grimpé l'escalier alors que Pablo stoppait brusquement, le repose-pied butant contre la première marche. Il a basculé, mais, *in extremis*, est parvenu à rétablir son équilibre.

– Va voir ! a-t-il ordonné, en bipant André à l'aide d'une télécommande, reliée à son siège, qui lui servait en cas de détresse.

– Maman ?

À l'étage, Gigi était en vie.

Un soulagement m'a électrisée. J'ai soupiré puis je me suis approchée avec tendresse. L'inquiétude me dévorait. Maladroite, j'ai tâtonné sur ce que je devais faire. Je n'avais pas la notice pour décoder son comportement bizarre. D'ordinaire, on lisait en elle comme dans un livre ouvert.

Assise dos au mur, silencieuse, la tristesse lui grisait le visage, qu'elle avait pourtant de si gracieux. La bouche béante, sa respiration se cadençait lentement. Sa volonté affleurait dans les plis soucieux de son front. Elle tentait de calmer le jeu, de reprendre l'ascendant.

– Maman ? Ça va ?

– Oui. Je ne voulais pas t'inquiéter, désolée.

– Pablo est en bas.

Étonnée, Gigi a regardé au pied de l'escalier, elle cherchait par quel bout renouer la conversation.

– Souhaites-tu que je vienne ? a fait Pablo, badin.

Un air attendri lui creusait les fossettes. Il fallait toujours qu'il ait le petit mot pour théâtraliser une situation ou au contraire la dédramatiser. Oscillant entre le volcanisme ibérique tout feu tout flamme et le trait d'humour décalé à l'anglaise. L'art du contrepied permanent.

– Non, je vais descendre, mais avant il faut qu'on ait une discussion avec Romy. Ça ne peut plus durer…

D'un soupir infini, j'ai senti que quelque chose devait cesser, s'estomper, passer. Mais quoi ? J'ai grimacé pour signifier que je ne comprenais rien. Les sentiments alternaient, de la joie à la peine et inversement. Était-ce ça ? Gigi m'a paru si lasse, sous le poids d'un fardeau étrange. Celui d'une vieillesse subite échue du ciel en un claquement de doigts.

– Romy, s'il te plaît, va dans la chambre de ton frère rendre le carnet.

Le ton n'était pas une invitation, mais bien un ordre. Ma colonne vertébrale s'est tendue, mes muscles se sont raidis sous ma peau dodue. J'ai trémulé, une décharge d'adrénaline m'a secouée.

– Plus tard, ai-je bafouillé.

– Non, maintenant. Qu'on en finisse, ma chérie ! Qu'on en finisse !

Une joute silencieuse s'ourdissait entre nous. De celles qui germaient lors des frictions adolescentes où les envies s'entrechoquaient. Des premières fois où on s'opposait, malgré la déferlante d'amour maternel. Mon nez luisait de sueur, mes lunettes ont glissé. Je dégoulinais de partout, dans les plis et replis de mon corps. J'allais bientôt puer et ça me débectait tellement.

– Vas-y ! a encouragé Pablo, au bas de l'escalier.

Je me suis sentie perdue. Fourmi minuscule au milieu d'une forêt démesurée, éblouie de peur par une lumière puissante qui trouait les nuages. Néanmoins, acculée, j'ai perçu que je n'avais plus le choix. J'ai attrapé le carnet noir que me tendait maman, puis je me suis approchée lentement de la chambre de mon frère. Le silence m'assourdissait les tympans. Le même qui retentissait depuis des mois, s'entremêlait au vide féroce de l'absence, tache indélébile. Prenant mon courage à deux mains, j'ai appuyé sur la clenche. La porte a grincé. Entrouverte, j'ai jeté un œil. Il n'était pas à l'intérieur. Sans doute en vadrouille, avec son attirail de Miniranger dans la ferme, à jouer avec les bêtes à l'étable ou ailleurs. Je n'ai su dire, mais ça m'a soulagée, oui, ça m'a libérée d'un poids, alors je me suis hâtée, déposant le carnet sur la table de chevet. Il me brûlait les doigts, c'était bizarre. Je souhaitais m'en débarrasser. Désiré n'affectionnait pas que je vienne dans sa chambre en son absence, tout comme moi, je détestais qu'il furète dans la mienne. Chacun chez soi. Mais à présent, c'était différent. J'ai à peine levé les yeux autour, tout était rangé, comme toujours, au carré, à la militaire. Son côté ordonné (tendance maniaque) n'en finissait pas de me surprendre. C'était un de nos points de divergence. J'aurais adoré lui mettre le bazar pour vivifier l'atmosphère. Je n'avais pas le cœur à ça, alors ma mission accomplie, je n'ai pas traîné, je suis sortie aussi vite que j'étais rentrée, j'ai claqué la porte et me suis tournée vers Gigi. À la limite de dresser un pouce victorieux ! Mais je me suis abstenue. Je ne le sentais pas.

Debout et droite sur ses jambes, elle m'observait. L'un de ses sourcils, fixé à un clou invisible, m'interrogeait, l'air de me dire « *alors ?* ».

– Voilà, c'est fait !

Apparemment, ça n'était pas suffisant. Il y avait encore un truc qui ne tournait pas rond. Elle m'a demandé si j'avais noté quelque chose de particulier dans la chambre. Elle m'agaçait avec son envie de discuter. *C'est bon !* J'avais fait ce qu'elle souhaitait, on n'allait pas y passer la journée, la Saint-Glinglin ou même le reste de ma vie. Je voulais me barrer de ce traquenard et préparer la venue de Dylan. Il n'allait plus tarder. Et puis, tout ce cirque n'avait que trop duré.

Là, j'ai vraiment regretté d'avoir mis le sujet du carnet retrouvé sur le tapis. J'aurais dû le laisser à sa place, ne pas le décoincer de la barrière. Toujours à me mêler de ce qui ne me regardait pas. Je me fatiguais moi-même.

À présent, je voulais déguerpir. J'ai fait mine de partir.

– Désiré est mort.

18

– Tais-toi ! ai-je hurlé à m'en exploser les poumons. Tais-toi ! Tais-toi ! Tais-toi !

Ces trois mots m'ont percé les tympans. Une douleur fulgurante m'a foudroyée.

– Ça fait un an ma chérie que Désiré est mort.

– Non...

Voilà qu'elle remettait ça et je l'ai détestée. J'aurais voulu lui bourrer un chiffon dans la bouche pour la réduire au silence. Ces trois mots injustes, odieux, méchants, obscènes. Je n'ai trouvé que mes poings pour lui marteler la poitrine, lui gueuler ma haine, lui vomir ma détresse. J'ai frappé de toute la puissance de mon âme meurtrie, de toute la virulence de mes seize ans fauchés. J'ai cogné à lui défoncer son cœur indifférent. La peau des mains cisaillée, j'ai tapé encore, malgré la douleur.

Soudain, j'ai senti qu'elle accueillait mes coups, sans broncher, sans résister, avec l'amour que seule une mère peut offrir. J'ai cessé de la pilonner, j'ai fondu en larmes et je me suis enfouie dans ses bras.

À cet instant, j'ai voulu mourir, moi aussi. Comme il était mort il y a un an. Un an si loin, un an hier, déjà un an. J'ai voulu… disparaître du haut de l'escalier, du Domaine, de la planète et même de l'univers. Si on m'avait dit « *plonge dans le vide et tu ne seras plus* », alors oui, je l'aurais fait. Mes os se sont mués en cendres, mon âme éventée s'est élevée dans les airs, par-delà les nuages, les étoiles.

Si je n'étais plus, alors je ne ressentirais plus d'émotions. Et surtout, je ne ressentirais plus la douleur, ce serpent monstrueux qui m'aspirait le cœur lentement. Était-ce là la solution ? Pour ne plus souffrir de la perte de Désiré, oublier la cruauté de Greta Sanchez, pour m'accepter *enfin* telle que j'étais. Évanescente et lumineuse, perchée sur un astre.

Blottie, je ne voulais plus sortir des bras de maman. Ils étaient conçus pour absorber ma peine, mes larmes, autant que pour aimer. On a dû rester ainsi une éternité. Elle m'a serrée fort. Son souffle tiède dans mon cou. Les battements de son cœur s'infusaient dans le mien. Un cordon d'oxygène nous unissait, comme du temps embryonnaire où je n'étais qu'une espérance dans son ventre.

Oh oui… J'ai souhaité que ce moment dure.

Désiré est apparu derrière mes paupières. Petit bonhomme plein de vie. Il était là. Je pouvais le jurer. Cracher par terre. Lui tenir la main, enfin. Lui toucher les doigts.

Oui. Juste l'effleurer. Oh non ! Merde. Il était loin. Oui, c'est ça, il s'est éloigné. Trop. Et zut, j'ai caressé le vide. Il a tourbillonné sur lui-même, spationaute fantôme dans sa combinaison grise. Il tournoyait à un rythme si ralenti que j'en avais la nausée. Je ne pouvais pas le saisir, mais je le voyais partir, se retirer, disparaître dans l'espace, point minuscule, finalement invisible.

– Viens, on y va, a murmuré Gigi.

Je n'ai pas réussi à me découdre de ses bras, alors on est descendues ensemble, ma tête nichée au creux de son épaule. Mes pleurs s'étaient taris, mon teint irrité se griffait d'une couperose passagère. J'ai reniflé dans mon poing. Un ciel bleuté d'après l'orage me secouait les yeux. Soudainement, j'ai eu l'impression d'un retour en arrière, d'avoir cinq ou six ans, d'être en suspension sur le fil d'un affreux cauchemar dont je me sortais *in extremis*, extirpée par une main tendue qui m'avait hissée d'un seul coup hors du gouffre béant. La torpeur me clouait encore les guiboles.

Étais-je vivante ? Moi qui, il y a peu, voulais disparaître du globe.

Il y avait aussi *cette putain* de culpabilité, qui me bouffait le bide, torturait mon esprit dès que je tentais de m'assoupir le soir. Le noir suppliciait mon chagrin, l'effeuillait pour le mettre à vif. Un éternel recommencement. Je me sentais fautive (à tort ou à raison) d'être encore là, alors que lui n'était plus que poussière. Même si Gigi, Pablo ou André ne me l'avaient jamais fait éprouver. Je me punissais.

Nous sommes allés dans le salon.

Assise sur Pablo, solide roc andalou, il m'a câlinée de sa main rugueuse. Ses doigts fouillaient mes cheveux, caressaient mon crâne de la même façon qu'il l'aurait fait de l'argile à modeler. J'aimais son odeur de soudure, incrustée dans ses vêtements. Maman s'est installée en face de moi, avec gravité, cherchant par quel bout entamer son monologue, alors qu'André se postait contre le rebord de la cheminée. Soucieux au point de ne pas allumer son cigarillo. Ça prenait un air de conseil de famille terrifiant.

– Désiré n'est plus là, ma chérie, a-t-elle commencé, ça fait une année, si longue… Sa mort a été un effroyable drame. Un choc ! Une sidération pour nous tous. On s'y est refusés, au début, mais ensuite, avec le temps, il a fallu le laisser partir, ne pas le retenir…

– C'est trop dur… Je le vois partout, en permanence.

– Je sais, mon ange. C'est normal, surtout au début.

– J'ai l'impression d'être la seule à le remarquer…

– Non, ne crois pas ça… Néanmoins, ces visions constantes, si puissantes, t'emportent dans un monde parallèle, elles peuvent laisser des traces même dans les esprits les plus sains. Tu dois les repousser doucement. *Désiré est mort.* Il n'est plus là, il est dans ton cœur, dans l'air que tu respires. Notre peine est immense, Romy, et rien ne pourra changer ça. Notre peine est inhumaine. Notre peine est multiple aussi. Chacun le pleure à sa façon. Chacun le vit dans sa chair. Mais, nous devons poursuivre la route, pour les vivants, pour sa mémoire.

Lovée contre le torse de Pablo, sa force me portait. Stoïque, il m'a permis de ne pas m'écrouler. Je percevais les os de ses jambes décharnées sous mes fesses. C'était inconfortable et, pourtant, si douillet pour m'oublier (un peu), poser ce sac de culpabilité (enfin) qui me rongeait depuis ces longs mois, ces torrents de tristesse. Les yeux vides, mon enfance avec Désiré m'obsédait. La cornée irritée, j'avais trop guetté son retour, car (pour moi) il s'était juste absenté, avait tourné les talons au coin de la maison, il allait forcément (tôt ou tard) revenir, rentrer, ici, chez nous. Il était *si* petit (encore), vulnérable (tellement). À dix ans, le monde effrayait quand on s'y retrouvait seul, perdu. Je n'aimais pas le savoir livré à ses peurs. Notamment les bruits nocturnes amplifiés qui le terrorisaient, la tempête, la chouette hulotte, le bois de la vieille charpente.

Il resterait à jamais figé dans ses dix ans. Statue de marbre froid. Arraché en avance sur son heure. Alors que j'allais grandir, m'éloigner de lui, courir mon existence, l'abandonner à un souvenir de plus en plus flou, gris, invisible. Bientôt, les photos me seraient nécessaires pour me remémorer l'ovale de son visage, l'esquisse de son sourire, la brillance de ses yeux. C'était un crève-cœur. D'une tristesse sans nom.

– On doit se dire qu'on a eu une chance inouïe de connaître Désiré, de l'avoir eu dans notre vie pour dix belles années. Sinon, en effet, c'est impossible de poursuivre.

J'ai admiré maman. Comment pouvait-elle dire de pareilles choses ? Sans s'effondrer, sans craquer, sans gueuler, sans cogner. Mon oncle, en apnée, était hypnotisé par le silence doux qui vrombissait entre chacune de ses paroles. L'accablement roulait sur lui, à piétiner son âme.

J'ai eu l'impression *fugace* à cet instant que nous (quatre) ne faisions qu'un. Un être merveilleux amalgamé d'éclats précieux de mon frère, un diamant brut qui étincelait sa force sous la lumière de nos sentiments éternels. Est-ce que l'acceptation de son absence se matérialisait en moi ? Étais-je prête à lâcher sa menotte froide et roide, que je m'évertuais à empoigner désespérément depuis tout ce temps ?

Une vague tiède s'est infiltrée dans mes veines, caressant mes os, pommadant mes muscles d'un nectar délicat. Je crois bien que j'ai enfin consenti à son départ.

J'ai fermé les paupières, apaisée, soulagée, mais submergée de fatigue, d'un coup. Pablo a resserré son étreinte, ramenant mon visage dans son cou. J'ai plongé dans sa chaleur, emportée par un sommeil lénifiant.

19

– Nous n'avons rien trouvé, a conclu Rosario Félix, un peu plus tard, une pointe de déception dans la voix. Nous partons.

Gigi et mon oncle ont raccompagné les policiers jusqu'à la porte, alors que Pablo pestait, les mâchoires serrées.

– Encore heureux qu'ils n'aient rien trouvé ! Pfuit ! Que s'attendaient-ils donc à dénicher dans sa piaule ? Un autre macchabée ? Bande de crotales sans vergogne ! Ils feraient mieux de s'occuper des parents de cette saloperie de gamine. S'ils n'avaient pas enfanté un monstre et laissé faire toutes ces années, on n'en serait pas là…

Mollement, j'ai ouvert les yeux, m'extirpant de cette obscurité passagère rassurante. Une bonne heure s'était écoulée. Blottie et câlinée. Le chagrin était toujours là, mais il s'était teinté de sépia, agitant ses tentacules soyeux. Une étrange paix intérieure m'enveloppait. L'âme de mon petit frère m'habitait. J'étais bien décidée à l'emporter partout, dans mes lendemains joyeux ou tristes. Délivrée de la culpabilité, du déni, de l'abandon.

J'étais si bien, dans les bras de papa. Il a perçu mon réveil, m'a chiffonné les cheveux d'un air surpris, ennuyé d'avoir contribué à m'éveiller de ma torpeur avec sa grosse voix. Nos sourires se sont accrochés tendrement. J'aurais aimé passer le reste de la journée, la nuit aussi, dans son atelier. Je faisais souvent ça gamine. Calée dans un coin, sur le sofa, petite souris invisible, muette, à l'observer au milieu de son fouillis exercer son art, peindre ou sculpter. Le corps replié, les bras serrés, dans la position du fœtus. Les minutes pouvaient durer des heures, l'ennui ne me gagnait jamais. Sa gestuelle théâtrale, ses mimiques inspirées par une force surnaturelle, il créait la beauté ou l'étrangeté. Je lui vouais une admiration sans bornes, même si je ne comprenais pas tout. Et lui me laissait faire.

J'ai frotté mes paupières, en bâillant.

– Comment fais-tu pour ne pas le voir partout ? ai-je murmuré.

– Hum… Avec ton frère, vous m'êtes essentiels pour me tenir debout, moi qui n'ai plus de guiboles. Depuis qu'il est mort, je suis définitivement bancal, amputé du cœur. Mais tu sais…

Il m'a emportée sur lui, en actionnant la motorisation de son fauteuil roulant, en direction de son atelier. Il voulait me dévoiler quelque chose ou bien retrouver l'alvéole rassurant de ce lieu unique.

– Quand je suis ici, je parviens à me vider la tête de ma peine, à la magnifier pour l'infuser dans mes œuvres.

Alors, il est partout, tout autour. Depuis toujours, mais encore plus depuis un an. Comme toi, ta mère aussi.

Je me suis levée pour m'asseoir sur le canapé, glisser mes jambes sous le plaid. Il s'est dirigé vers le mur. Plusieurs toiles étaient posées sur le flanc, de dos. D'une main experte, il en a pris une et me l'a montrée. Il l'avait peinte après sa mort.

J'ai sursauté, le souffle court, en découvrant mon petit frère plus vrai que nature. Saisi sur le vif, appuyé sur un muret, il s'affairait à enfiler ses chaussures. Cintré dans sa (sempiternelle) tenue de ranger kaki, il s'apprêtait à partir en expédition dans « Le Domaine ». Son sourire conquérant m'a bouleversée. Ses magnifiques yeux d'un noir luisant se miraient dans les miens. Je ne pouvais m'empêcher d'entendre sa voix, fluette et aiguë. « *Je vais à la chasse aux vers de terre, tu viens avec moi ?* » disait-il juste pour voir la tronche que j'allais faire. Systématiquement, je grimaçais : « *C'est dégueu ! T'es vraiment répugnant ! Qu'est-ce que tu as besoin de faire un truc aussi débile ?* » « *C'est pour les poules, elles adorent ça !* » Lui, le petit dernier, l'avorton souffreteux, le pauvre malingre de la famille, était bougrement fier de réaliser quelque chose qui me débectait. Un jour, il n'avait rien trouvé de mieux que de glisser un asticot au milieu de mes sous-vêtements, dans le tiroir de ma commode. « *Bordel de merde !* » J'avais fait un bond en extirpant une culotte. Des frissons m'avaient secoué la colonne vertébrale. Je m'étais mise à vociférer d'ignobles jurons, résolue à me venger. Parvenant à sortir l'intrus (beurk) d'une pichenette et de la tranche d'un livre, j'avais laissé Bowie lui régler son compte sur le tapis. Paix à son âme. Alors, je m'étais ruée sur mon frère pour lui tordre le cou. Cependant, il avait tellement rigolé que je n'avais pas réussi à le maintenir, gigotant à son tour comme un joyeux lombric. « *Ne recommence jamais ça, nabot !* » J'avais menacé, mais il avait plissé les paupières d'un air de dire « *Cause toujours, tu m'intéresses* ». Et la fois d'après, il avait enfermé un horrible crapaud visqueux, répugnant et gonflé de pustules, dans mon armoire. Mes cris avaient retenti, par-delà les cimes des arbres, jusqu'au village.

Ces souvenirs heureux charriaient des grelots de rires, la tendresse de notre enfance. On s'entendait bien même si les chamailleries étaient légion. C'était le propre de nos âges, de nos affrontements pétris d'affection. Les « *Je t'aime moi non plus* ». Mon petit frère, c'était quelque chose dans ma vie. Un bonheur miraculeux, espéré ardemment. Sa santé était fragile (une maladie orpheline diagnostiquée peu de temps après la naissance), mais on ne s'y attardait jamais trop, car il détestait cette différence qui l'empêchait d'aller à l'école, de faire du sport ou des excursions comme les autres, qui le conduisait régulièrement à l'hôpital pour des soins ou l'obligeait à ingurgiter des médicaments. Sa santé était *si* vulnérable qu'on savait (tous) que son existence serait *brève*, alors elle devait être *intense*. Gigi s'y attelait de toute son âme, à rendre ses journées pétillantes, flamboyantes.

On avait beau y être préparés. Ça n'était jamais assez.

Sa mort brutale avait détruit le paradis.

L'explosion avait atomisé nos vies, pulvérisé nos cœurs. L'harmonie de notre famille vacillait encore.

20

J'ai laissé Pablo à sa peinture pour rejoindre Gigi dans le salon. L'esprit engourdi par la langueur qui suivait l'orage. Ma peine s'était voilée pour me permettre de respirer à nouveau. C'était doux, léger, presque désinvolte. L'envie de traîner, sans réel désir que de fuir ma solitude. J'ai mis *No Surprises* de Radiohead sur la platine vinyle de mon oncle. La mélodie allait bien avec mes états d'âme du moment. Je me suis approchée de la fenêtre, la nuit tombait déjà, comme une nasse brune lâchée des cieux.

Dans un fauteuil, le teint brumeux, Gigi feuilletait un album de vieilles photos de nous, enfants. Une tasse de thé froid trônait sur la console. Elle n'y avait pas touché ou si peu.

J'ai résisté, je ne voulais pas regarder. J'avais ma dose pour la journée.

J'ai regretté la pénombre dehors. J'ai allumé une lampe pour faire jaillir la lumière. Celle qui projetait de jolies ombres chinoises sur le mur, en forme de poissons.

Un bruit de moteur a ronronné, les chiens ont aboyé.

La vespa de Dylan a remonté l'allée péniblement, accrochant les trous et les cailloux. J'ai plissé les yeux. Deux casques me sont apparus, l'un derrière l'autre. Le jaune poussin, traversé de bandes vertes, était celui de Dylan. Le demi-casque noir de style allemand était celui que je mettais en temps normal, celui des invités, celui qu'il rangeait dans la selle.

– Edison ! ai-je hurlé avec joie, en fonçant vers l'entrée.

Gigi est sortie de sa torpeur nostalgique, elle a refermé l'album, ravalé sa peine et m'a suivie. Un sourire aux lèvres, son regard a brillé. Elle voulait renouer avec la vie, l'instant présent, remettre de la gaieté dans ses pas et poursuivre, sans regarder en arrière.

Quand j'ai ouvert la porte, les garçons ôtaient leurs casques, d'un air très *bad boy* qui déclenchait les frissons dans la nuque. Edison n'a pas eu le temps de se recoiffer de la main, que nous lui sautions dans les bras toutes les deux. J'ai très vite cédé la place à Gigi pour claquer un baiser à mon Dylan sur sa joue duveteuse.

Ils se sont étreints avec fougue.

– J'ai bien cru être invisible, a ricané Dylan.

– Tu m'as manqué.

Gigi a entraîné Edison à l'intérieur, l'assaillant de questions. Il avait une mine épouvantable. Le peu d'heures de sommeil et le stress de l'interrogatoire grisaient son teint, creusaient ses yeux.

– Ils t'ont torturé ? ai-je fait, avec curiosité.

– Non, a-t-il répondu, amusé.

– Vraiment ?!

– T'as l'air déçue ?

– Ben non, mais je m'étais imaginé des tas d'horreurs.

– T'es impayable Romy ! a souri Edison.

– On va boire du champagne pour fêter ton retour ! a gloussé Gigi, qui cherchait à badigeonner de légèreté enjouée l'atmosphère du Domaine.

Il y avait toujours une bouteille au frais pour ne jamais être pris au dépourvu d'une célébration subite et une cave bien achalandée par Pablo, fin connaisseur. C'était la règle qui prévalait dans notre famille, ne jamais se laisser surprendre.

Dylan a sourcillé. Une sortie de garde à vue lui paraissait un prétexte peu approprié, néanmoins il ne s'étonnait plus de rien, s'habituant à notre bizarrerie. Y prenant goût aussi, car c'est évident, le bonheur est contagieux.

L'ombre de Désiré planait sur nous avec bonhomie. Je me suis dit qu'il aurait adoré ces moments de partage. J'ai souri plus encore.

– Ne reste pas planté là, ai-je fait en poussant une chaise vers Edison.

– Merci, Romy.

– Alors ? a demandé mon oncle, arrivé sur ces entrefaites. Tu nous racontes ? Tu n'es pas le tueur de gosses qu'ils s'étaient imaginés ! Tu as bien manigancé ton coup. Ils doivent faire la gueule, les poulets.

Les deux seuls membres de la famille, qui peinaient à s'encadrer, étaient André et Edison. Le temps n'y faisait rien. Mon oncle tolérait l'homme à tout faire (il l'appelait ainsi avec une pointe de mépris non dissimulé), se rangeant au choix émotionnel de la majorité. Et Edison le lui rendait bien, conscient qu'il détenait le pouvoir de l'argent. Cependant, il ne faisait pas de vagues. Tout juste lui offrait-il un mur d'indifférence et il obtempérait à ses demandes avec une politesse glaciale.

Les coupes de pétillant se sont entrechoquées. J'ai porté mon breuvage doré à la bouche, avec une gourmandise enjouée. Hum, c'était divin dans la gorge. Mes joues se sont instantanément colorées. Je n'ai pu retenir ma main que j'ai prestement fourrée dans le bas du dos de Dylan, sous son tee-shirt. La chaleur de sa peau a contrebalancé la fraîcheur du champagne. J'avais besoin d'insouciance et de grâce. Redevenir la Romy fofolle et rigolote que j'affectionnais être.

– J'étais à Paris le week-end dernier et cette nana a été vue samedi matin à neuf heures trente à la boulangerie, près de chez elle. Ils ont vérifié mon alibi, le midi dans une brasserie parisienne, en fin de journée à une soirée, impossible de faire l'aller-retour entre deux, alors me voilà libre.

– Pourquoi ne leur as-tu pas dit tout de suite ? Tu ne serais pas resté au poste tout ce temps.

Il a hésité à répondre, le front parsemé de ridules pensives.

– Bah, c'est compliqué…

– Essaie de nous expliquer un peu, l'a encouragé André, intrigué. Comme on a plus que le QI d'une huître, ça devrait pouvoir le faire.

– Le type chez qui j'étais n'affectionne pas trop les flics. Alors, c'était embêtant de livrer son nom… Enfin…

– C'est un truand ? me suis-je exclamée, la voix pâteuse d'avoir sifflé d'un trait ma coupe. Un tueur à gages ? Un psychopathe ?

– Mais non !

– Il est recherché par la police ?

– Pas vraiment, mais on va dire « *sous surveillance* ».

– Putain, tu n'peux pas être plus clair ! a cinglé mon oncle, tranchant.

– Mon pote, Gabriel, est un Français que j'ai rencontré en Argentine. Un activiste de gauche, en quelque sorte…

– Ouah ! ai-je couiné, sans trop prendre la mesure de ce qu'il venait de révéler.

– Il est politisé ? a poursuivi André. Extrême gauche ?

– Hum… Je crois bien.

– Il se bastonne avec les CRS ?

– Ça lui arrive. Selon lui, la violence est nécessaire pour porter son engagement et se faire entendre.

– Putain, un activiste ! T'as des potes *chelous* ! ai-je sifflé, admirative.

– Ouais, je sais. C'est juste un copain que j'ai connu en galère et qui m'a aidé. Après, ses convictions politiques ou ce qu'il fait ne me regardent pas. Cependant, je ne voulais pas lui nuire.

– Mais bon, tu n'avais pas d'autre choix, a conclu Gigi, pour te disculper.

– Rosario Félix a été réglo. Il a contacté un de ses collègues à Paris qui a fait les vérifications d'usage auprès de Gabriel, sans mettre le nez dans ses activités partisanes.

– Une sorte de trêve hivernale en somme, a souri André.

– Exact.

– T'es pompette ? a chuchoté Dylan à mon oreille.

– Mais non, ai-je ricané. Allez, on se casse dans ma chambre !

On les a plantés, en se tenant la main. C'était à celui qui grimperait le plus vite l'escalier. Mon oncle secouait la tête de nos gamineries.

Là-haut, on a parlé de sa journée. Assis en tailleur sur mon lit, avec Bowie entre nous. Les discussions tournaient en boucle autour du drame. Les soupçons se portaient toujours sur ma famille, sur celle de Greta aussi. Plusieurs personnes du lycée avaient été interrogées. Ça paraissait louche. Bref, tout le monde y allait de son avis sur le meurtre et les griefs des uns et des autres pour avoir pu perpétrer une telle horreur. En même temps, un soulagement général flottait dans les classes, les couloirs et les coins de pause. Greta Sanchez avait résolument malmené beaucoup d'élèves (une dizaine), volontairement ou à l'aide de son aura machiavélique. Les langues se déliaient (au début avec une pudeur frisant l'inquiétude d'être incriminés). Les victimes relataient un morceau de leur histoire. *Juste un bout*, car souvent la honte cadenassait les faits. Les rendait coupables de couardise ou de lâcheté. Difficile pour le *harcelé* de se regarder en face dans le miroir, sans y déceler ses points faibles, comme autant de prises à la cruauté du *harceleur*. La mécanique était rodée.

Dylan a ôté mes chaussettes pour me masser les pieds (un rituel entre nous). Enfoncée dans les oreillers de mon lit, j'ai fermé les yeux pour savourer. Il parlait du père de Greta Sanchez. Des informations circulaient à son sujet. Certains parents étaient allés le voir, à son domicile, pour se plaindre de l'attitude de sa fille sur leur progéniture et s'étaient fait recevoir. Visiblement, ce type fort mal-aimable était dur, dépourvu d'empathie. Il maltraitait probablement sa propre fille. Peut-être même l'encourageait-il à semer la terreur pour obtenir le respect, comme une Sanchez se devait de l'être aux yeux de tous. Pas une mauviette. Ni une fiotte. Mais une personne qui en imposait traçait son chemin, quels que soient les obstacles présents sur sa route (individus compris). Ça faisait froid dans le dos.

Néanmoins, la piste du père ou des parents avait été rapidement écartée, car ils étaient en week-end à Zurich. Lui pour le boulot en sa qualité d'homme d'affaires. Elle pour profiter du voyage, voir sa sœur qui vivait en Suisse. Bref, Greta Sanchez était seule chez elle. Ses dernières heures dans la cabane au fond du jardin avaient dû être épouvantables. Elle savait sans doute mieux que quiconque que personne ne viendrait la délivrer de ses liens. Ligotée, bâillonnée, elle avait dû être terrifiée (même les monstres ont peur au moment d'être emportés par la grande faucheuse), sombrer dans le sommeil, une profonde léthargie, et mourir de froid. On ne devait pas se réjouir du décès de quelqu'un, quel qu'il soit, j'en étais consciente, ça relevait des valeurs inculquées par mon trio familial. C'était au-dessus de mes moyens pour cette saleté de Greta Sanchez. Elle n'avait que ce qu'elle méritait (un juste retour des choses) et ses victimes pouvaient enfin souffler et sortir sans la frayeur au bide de se faire alpaguer, molester, malmener. Fini l'angoisse des nuits à ruminer les brimades subies et celles à venir. C'était *moche*, oui, *terriblement moche*, mais je m'en fichais. Même si Dylan expliquait qu'elle avait dû souffrir (elle-même) d'un père maltraitant. Tout n'était pas reproductible ni une fatalité. J'aimais y croire.

– Il y a un truc avec la prof principale, a-t-il fait en me frictionnant la plante des pieds.

– Ah bon ?

Mais mon esprit était parti se loger dans mes orteils qu'il malaxait délicatement. *C'était une tuerie ce truc !* Je retenais les gémissements dans le creux de ma gorge. Je sais que ça l'aurait mis mal à l'aise. Il en aurait piqué un fard, angoissé à l'idée que mon oncle puisse rappliquer pour lui enseigner les bonnes manières au Domaine. J'ai entrouvert un œil coquin, mais devant sa grimace sérieuse, j'ai fait genre « *promis, je suis sage, je ne moufte pas, pas même un hanhan, rien* ».

Il a poursuivi imperturbable.

Mauricette Leblanc n'était pas si formidable qu'elle donnait à penser. Les parents, qui s'étaient plaints du harcèlement de leurs enfants, avaient trouvé une écoute attentive. Elle rassurait en arguant prendre les choses en mains auprès de l'administration et faire cesser ses agissements intolérables. D'ailleurs, je me souvenais avoir eu cette impression réconfortante, les deux fois où elle nous avait reçues avec maman. Le soulagement (incommensurable, car faire la démarche avait été un calvaire pour moi) d'être comprise et d'avoir le bon interlocuteur pour gérer le problème. Bras croisés, attentive et soucieuse, elle avait hoché la tête à maintes reprises. À la fin, sa main s'était posée sur mon épaule, ses yeux s'étaient portés à ma hauteur et sa bouche avait conclu : « *Tu as bien fait de venir me voir. Je m'occupe d'en référer à ma direction, nous allons arranger ça pour que tu ne sois plus importunée par Greta. Surtout, ne t'inquiète pas. Je vais régler ça au plus vite. Ce que tu vis est intolérable et doit cesser.* » J'avais retrouvé le sourire dans le couloir en sortant de son bureau, mais très vite j'avais déchanté en constatant que rien ne changeait. Pas d'amélioration, c'était même pire. Greta Sanchez accentuait son emprise sur moi (et sans doute sur les autres victimes).

– Certains parents ont réalisé avec l'enquête que la direction n'était pas au courant ou si peu au regard de la gravité des faits.

– Non ?! ai-je couiné, sidérée de cette révélation.

– Elle l'a fait croire à tout le monde, mais c'est tout. Y a un parent qui dit que c'est parce qu'elle veut se donner des *grands airs importants*. Un beau parleur qui ne fait rien.

– J'espère qu'elle aura des comptes à rendre de son inconséquence. Elle aussi, c'est une sale garce !

– Je l'ai toujours trouvé faux-jeton !

– Bon, ai-je soupiré, contrariée. On va causer d'autre chose. Y en a marre de tous ces connards !

J'ai repris mes pieds d'un coup. Il est resté avec ses mains en l'air, fines, longues. Puis, les a posées sur ses cuisses, à plat. J'ai bien vu qu'il m'en voulait de ma rudesse. Par moments, je n'adoptais pas le bon ton, en décalage ou carrément à côté de la plaque. Je tombais avec la lourdeur de mes bourrelets.

– Excuse-moi.

Mes yeux cherchaient les siens qui fixaient le vide en face de lui. *Tête de bourrique !* Alors, je me suis rapprochée, j'ai enfoui mon visage dans son cou en serrant mes bras autour de son torse fluet et sec. Mes rondeurs l'enveloppaient. J'adorais l'enlacer, absorber sa chaleur, sa force, sa délicatesse, sa gentillesse, son amitié et plus encore. Mais je savais que ça n'était pas possible, que je devais réfréner mes sentiments à son égard. Je l'aimais d'amour. Je l'aimais d'amitié. Je l'aimais de *tout* et *si* fort.

Il a fini par se décaler en s'extirpant doucement de mon étreinte. Ça le mettait mal à l'aise. Une herse de protection se dressait autour de son corps.

La chape de plomb qui s'est abattue entre nous me déplaisait. Alors, j'ai pris un oreiller et je lui ai balancé. Il a esquivé, j'étais trop lisible avec mes âneries. J'ai proposé de faire un strip-poker et il a failli m'étouffer avec l'oreiller en retour. Finalement, on a opté pour une partie de Monopoly. Plus conventionnel (un poil plus chiant aussi). Néanmoins, on a passé un chouette moment dans la peau d'agents immobiliers à racheter le Tout-Paris.

21

Le lendemain, Dylan était mûr pour faire l'école buissonnière avec moi. Il l'avait dur de repartir après le petit-déjeuner. Les mâchoires tendues, le teint brouillé, il a tout mis dans le casque vert avant de s'éloigner sur la route au guidon de sa vespa. De dos, même ses épaules affaissées ployaient sous le désir de rester ici. C'était terriblement émouvant. Il a promis de revenir après les cours. Sa mère commençait à péter les plombs chez elle, de le voir déserter la maison chaque soir, mais après tout, avait-il maugréé, c'était elle la mère, pas lui, alors qu'elle s'occupe un peu des petits, il avait fait sa quote-part pendant les fêtes de Noël à faire le larbin.

Ma nuit s'était déroulée (en grande partie) éveillée à le regarder dormir. Je ne me lassais pas de son ronflement léger, une berceuse pour mon cœur meurtri. Mon petit frère me manquait tellement. Les bruits de sa chambre collée à la mienne. Nos passages clandestins d'un lit à l'autre pour un câlin, un secret, une ultime histoire à se confier avant de s'assoupir. Désiré était champion pour faire traîner la soirée en longueur, au grand dam de Gigi qui finissait par monter nous sermonner gentiment, mais fermement. Nos ricanements et nos gloussements perçaient le plancher. À présent, le silence à l'étage me remémorait en permanence son indéfectible absence.

Dans la cuisine, je n'arrêtais pas de touiller mon chocolat chaud, en bayant aux corneilles. J'avais l'humeur vagabonde. J'ai aperçu le bol avec la tête de chien sur une étagère du vaisselier. Celui de Désiré. Ça m'a tordu le bide. Le lait tournait et actionnait la nausée.

– Maman, qu'est-ce qu'on va faire des affaires de Désiré ?

Elle a tressailli puis s'est figée, en me fusillant du regard. Je n'ai pas baissé les yeux. J'avais besoin de savoir. Ma sincérité brutale était désarmante. Toutes ces choses qui restaient, partout, autour de moi. Toutes ces choses qui me rappelaient sans cesse qu'il n'était plus là. Peut-être que si on virait tout, ça serait plus facile. J'ai eu envie de briser le bol en porcelaine, de l'exploser sur le carrelage, et de voir si, au travers des éclats projetés de toutes parts, je ressentais un soulagement ou si ma douleur s'atténuait.

Gigi l'a senti, elle m'a fait promettre de ne jamais y toucher, elle en vie.

J'ai soupiré. Cette journée avait la saveur des matins tristes. De ces nuits d'hiver qui peinaient à chasser l'obscurité et ses démons pour retrouver le brillant du renouveau. Mon cœur était déglingué, il faisait le yoyo, il suintait la laideur. Je n'ai pas voulu chagriner maman, mais c'est bien ce que j'étais parvenue à faire. Je me détestais.

Je ne savais plus trop comment me sortir de cette impasse quand mon oncle est arrivé. Il a posé un vinyle de Bob Dylan sur la table, devant moi. J'ai étiré mon front d'un air dubitatif.

– C'est pour ton copain.

J'ai pouffé en faisant le lien avec son prénom.

– Quel rapport ?

– Aucun, mais j'ai du mal à imaginer qu'il ne connaît pas, surtout en s'appelant Dylan. Ça le desservira forcément un jour ou l'autre. Alors, autant enrichir sa culture musicale dès maintenant.

– La musique, tu sais, c'n'est pas trop son truc en fait.

– Je suis au courant, il préfère les mots, tu me l'as déjà dit. Ça tombe bien, c'est un *songwriter*, un poète en quelque sorte.

L'échange m'a paru surréaliste, mais un voile de légèreté était revenu me chatouiller la peau. Et ça, c'était appréciable. Pendant ce temps, Gigi étalait ses miniflacons de vernis à ongles, à la recherche de la teinte qui seyait à son humeur du moment. Elle jeta son dévolu sur un violet intense. Elle allait commencer quand on sonna à la porte. Personne n'avait fait attention, mais Rosario Félix venait de garer sa voiture dans l'allée, devant la fenêtre.

– C'est l'autre emmerdeur ! a pesté mon oncle. Ça va durer encore longtemps tout ce cirque ?!

– Ah, soupira Gigi, pragmatique, il fait son boulot. Une gamine est morte.

Elle s'est redressée prestement pour aller lui ouvrir. Pour ma part, j'étais d'accord, sa présence répétée devenait une rengaine pénible. En pyjama, j'ai hésité à monter me doucher et me changer, cependant la curiosité de découvrir l'objet de sa venue me démangeait. Alors, calée confortablement sur ma chaise, j'ai fait mine de grignoter un bout de pain.

Il nous a salués poliment puis s'est raclé la gorge.

– Vraiment navré de cette nouvelle incursion chez vous ce matin.

– Pas de souci, Rosario, a dit Gigi avec douceur. Tu veux boire un café ? Je viens d'en faire.

Il a hésité. Trop de proximité n'était pas des plus appropriés pour guider ses questions, mais il ne pouvait pas non plus faire comme s'ils ne se connaissaient pas.

J'ai bien vu qu'il était gêné d'être chez nous. Son enquête policière n'avait de cesse de le ramener ici depuis lundi et nous n'étions que jeudi, ça commençait à faire beaucoup. Je me suis dit que maman avait (mal) choisi sa semaine pour me faire sécher les cours. Elle lui a servi une tasse, ainsi qu'à André. Le breuvage était tiède. J'ai attrapé une clémentine que je me suis mise à éplucher avec une lenteur infinie. Tout était bon pour faire durer ma présence auprès d'eux.

– J'ai deux choses à éclaircir.

Nous étions littéralement suspendus à ses lèvres. Une senteur d'agrume flottait à nos narines, asticotant nos humeurs contractées. Il a sorti son calepin de sa poche intérieure de veston, tourné les pages, froncé les sourcils. Il a tergiversé encore, cherchant par où rentrer dans le vif du sujet.

– Plusieurs parents d'élèves t'ont vue, Gisèle, en grande discussion avec Greta Sanchez.

J'ai cligné un œil surpris, mais en retenue, je ne voulais pas en rajouter, ne sachant pas où tout cela allait mener.

– C'était mi-décembre. De quoi avez-vous parlé ?

– De son attitude odieuse à l'égard de Romy, a répondu Gigi, imperturbable. Je lui ai demandé de cesser ses brimades sur-le-champ, car sinon ça n'en resterait pas là.

– Tu l'as menacée ?

– Non.

– Les témoins ont eu l'impression d'un échange virulent.

– Non, a-t-elle répété, je lui ai mis les points sur les i. Néanmoins, j'avoue que si j'avais pu lui coller ma main dans la figure, je l'aurais fait, car elle était pleine de morgue et de méchanceté.

– C'est ennuyeux…

– Ne me dis pas que ça me positionne sur la liste des suspects ? s'est-elle étonnée.

– En quelque sorte, a-t-il répondu, embêté.

– Alors, c'est grave, car ça implique que vous n'avez pas grand-chose à vous mettre sous la dent ! s'est-elle exclamée, agacée.

– Si, détrompe-toi, mais on creuse chaque détail pour ne rien laisser au hasard. D'ailleurs…

Il poursuivit, en se tournant vers mon oncle. L'embarras enflait en même temps que l'intérêt d'André était décuplé. Il semblait prêt à le recevoir, les munitions dans le chargeur.

– Quelqu'un indique avoir été témoin d'une scène *surprenante*. Juste avant Noël. Tu étais au volant du Combi Volkswagen et tu filais le train de Greta Sanchez sur sa mobylette. Ça se serait passé sur la route départementale, à la sortie du Domaine, en soirée. Cette personne précise qu'elle a cru que tu allais la percuter puis la renverser dans le fossé, tellement tu la collais, en zigzaguant bizarrement.

Je n'ai pas pu me retenir de grimacer. Mon impassibilité ne résistait pas à la distance d'une telle révélation. Mais là, j'ai tenu bon, imaginant la scène avec une délectation merveilleuse. Mon oncle n'a pas cillé, droit dans ses bottes, il a fait preuve d'une franchise glaciale qui pouvait le conduire tout droit en garde à vue.

– Elle avait besoin d'une sacrée leçon ! Gigi a alerté le lycée sur les agissements de harcèlement, dont Romy était victime depuis un moment. À notre connaissance, il ne s'est rien passé, puisqu'elle a continué à la malmener. Ensuite, la situation perdurant, Gigi et moi, nous lui avons parlé directement. Ça nous semblait la meilleure façon de lui faire prendre la mesure de ses actes. Mais visiblement, elle s'en fichait. C'était une *vraie* méchante ! Alors j'ai choisi l'option de la secouer un peu. Et je pense avoir réussi, car elle m'a assuré, ce soir-là, cesser de l'importuner.

– En effet, a rétorqué Rosario Félix. Elle est morte.

– Attention, je ne sais pas ce que vous sous-entendez, mais je n'y suis pour rien. C'est une chose de la brusquer, c'en est une autre de faire ce qui lui est arrivé. Il va falloir trouver un autre coupable.

La tension enflait, des flammèches électriques crépitaient entre les uns et les autres. J'ai alors compris que mon oncle risquait gros. Cependant, l'émotion de me sentir, à ce point, aimée et soutenue par ma famille prévalait. L'envie de me jeter contre son torse m'a saisie d'un coup, je m'y suis nichée. Embarrassé par les effusions sentimentales, il a paru subitement empoté, ne sachant quoi faire de ses bras qu'il a fini par refermer autour de moi. Sa main maladroite a tapoté mon dos. Sous ses dehors de vieux grincheux, mon oncle se révélait un type bien. Je le savais, nous le savions, mais il prenait un malin plaisir à entretenir cet indécrottable caractère revêche pour éloigner la connerie du Domaine et nous prémunir de tous les abrutis qui peuplaient la planète, y compris dans le village d'à côté. Il n'était donc pas apprécié et s'en fichait royalement. Les seules choses qui comptaient à ses yeux étaient ma pomme, Gigi et sa nouvelle vie de gentleman-farmer. Le reste, il n'en avait cure.

– Tu ne vas quand même pas nous en tenir rigueur ? a demandé Gigi, perplexe. C'est une vaste blague sinon ! Tu sais bien que nous sommes incapables de faire du mal à quiconque, même si cette Greta était odieuse et qu'elle a fait souffrir Romy. Franchement ?! Tu nous imagines en train de l'attacher et de la livrer à une mort certaine dans cette cabane de jardin en plein hiver ?!

Gigi appuyait sur la corde sensible de l'amitié. Son béguin pour elle n'était jamais bien loin, tapi dans un recoin.

– De toute façon, nous avons un alibi, a-t-elle poursuivi, déterminée à évacuer ces suspicions. Nous étions tous ensemble, en dehors d'Edison qui était à Paris. Dylan a même passé la journée du samedi à la maison. Il a dîné ici puis est reparti chez lui.

– Tant mieux, car le laboratoire semble dire qu'elle a séjourné deux nuits dehors, celles du samedi puis du dimanche. Je vais voir Dylan pour confirmer…

– Tu es vexant, Rosario ! a cinglé Gigi, exaspérée. Je n'imaginais pas ça de toi.

– Je fais mon boulot.

– Mouais, vous ratissez large ! a maugréé André, le cigarillo fiché entre les lèvres. On a raté le coche, on aurait dû faire un dépôt de plainte contre elle.

– C'est ma faute, a-t-elle admis. C'est ce que tu voulais faire et, moi, naïvement j'ai pensé que nous pourrions résoudre la situation autrement. C'est mon côté boy-scout, mais finalement ça s'est avéré être une erreur. Maintenant, elle est morte, et on se trouve sous les feux des projecteurs. C'est un comble !

J'ai alors songé que même morte Greta Sanchez prenait toute la place, m'écrabouillant dans une ornière. La « *boulotte miro* » n'était qu'une boulette riquiqui sous la semelle. À peine plus épaisse qu'un grain de poussière.

Elle m'avait maltraitée de son vivant et ça se poursuivait au-delà. C'était follement injuste ! Je me suis demandé si cette situation cruelle prendrait fin un jour. Les larmes ont jailli de mes yeux, ma poitrine s'est soulevée par à-coups, j'ai ressenti de la haine en moi.

– On va cesser cette mascarade, a tranché maman en me prenant dans ses bras. Dis-moi juste, Rosario, que tu as d'autres pistes que nous ?

– Oui, y a un truc pas clair que je dois éplucher. Mais je ne peux pas en dire plus pour l'instant.

Il s'est penché vers moi. J'ai senti la sincérité dans la tristesse ennuyée de son regard. J'ai reniflé mon mutisme, renfrognée dans mon statut de victime oubliée.

– Je suis désolé, Romy, de ce que tu as subi. Tu vas bientôt pouvoir tourner la page, j'en suis convaincu, et je fais tout pour.

– Merci Rosario, a dit Gigi.

Il est alors reparti.

Gigi m'a pris le visage à deux mains. Et de sa voix de madone, elle m'a proposé de me faire les cheveux de Marilyn Monroe. Une vague d'euphorie a repoussé ma peine au large. Bras dessus, bras dessous, nous avons couru jusqu'à l'atelier pour activer ma métamorphose.

Mon oncle a soupiré, dodelinant de la tête, nous étions d'indécrottables joyeuses, mais il était soulagé de nous voir rebondir dans la lumière.

22

Dans les vapeurs d'ammoniaque, j'ai pris mon mal en patience. Les cheveux tartinés de coloration, agglomérés sur le sommet du crâne, Gigi m'avait positionnée sous l'appareil chauffant pour accélérer la prise. J'avais ôté mes lunettes pour ne pas les tacher. Du coup, je ne discernais qu'une silhouette floue dans le miroir devant moi. Un magazine *people* sur les genoux, j'ai feuilleté vaguement, sans intérêt, déjà parce qu'à moins de coller les pages à dix centimètres de mon nez, je n'y voyais rien, et puis aussi parce que toutes ces formes féminines filiformes m'agaçaient. Mais, ça n'avait pas d'importance, j'étais bien.

Gigi, à mes côtés, s'est coupé les pointes et a ajusté sa coiffure en chignon flou, une aiguille plantée au milieu. Elle fredonnait *Dancing Queen* de Abba qui résonnait dans le poste de radio. Elle se dandinait, moulée dans une robe, le mollet galbé par ses bottines à talons.

– Je ne retournerai pas au bahut ?

La bouche crispée en moue dubitative, elle a fini par hausser les épaules.

– C'est toi qui décideras, ma chérie. À présent que cette tordue n'est plus là pour te faire du mal…

– J'aime bien aller en cours. Y a Dylan. Il me manque.

– Je sais.

Ses mains sur le haut de mon dos, elle a décalé légèrement l'appareil chauffant et a entrepris de me masser, avec une ferme délicatesse. Ces moments délicieux « *mère-fille* » étaient un pur bonheur. Je savourais ma chance de l'avoir. J'avais envie de repousser le temps, ne plus grandir, rester dans le velours de son cœur. Gigi débordait de tendresse et d'amour inconditionnel pour sa tribu. Elle mettait tout en œuvre pour nous rendre la vie douce, égayer le quotidien, apaiser les remous, limer les angles saillants. De trois fois rien, elle saupoudrait nos journées de pétards joyeux, de rires, de cavalcades folâtres. Des idées farfelues en pagaille, elle tricotait des histoires à dormir debout pour entretenir les rêves. Son éventail arc-en-ciel oxygénait nos poumons d'une fraîcheur sans cesse renouvelée. Gigi était un prodige maternel, j'étais une miraculée.

– Tu es contractée. À présent, tu n'as plus de crainte à avoir. Tu dois gommer ton appréhension, te faire confiance, te laisser aller à plus de légèreté. La vie est merveilleuse ! Et tu es *si belle*, ma fille adorée !

– Ici, au Domaine, je me sens bien dans ma peau, maman. Jolie, je ne sais pas… C'est excessif… Mais dès que je franchis le portail, que je croise des gens au village, au lycée, je perçois leurs regards lourds, leurs sourires moqueurs. Ils me dévisagent. Il y a des reproches, des railleries. Mon physique…

– Stop ! a-t-elle hurlé. Tu arrêtes ça tout de suite.

Elle a fait pivoter le fauteuil sur son axe, je me suis retrouvée en face d'elle, figée. Son teint nacré m'a bouleversée. Mon cœur s'est mis à battre fort. La dureté a grippé ses mâchoires et tous les muscles de son visage.

– Comment me trouves-tu ?

– Sublime ! ai-je répondu du tac au tac.

Si c'était une question piège, elle ne l'était pas tant que cela. J'ai souri. Néanmoins, j'ai attendu la chute ou l'explication qui se faisait languir.

Elle a mis les mains sur sa poitrine, a caressé doucement la courbe généreuse de ses seins, a glissé sur sa taille étroite pour suivre l'arrondi de ses hanches et finir par toucher ses fesses rebondies. Rien d'érotique ou de subversif dans sa gestuelle, non, plutôt le constat pragmatique de celle qui soupesait la marchandise.

J'ai dressé un sourcil, intriguée.

– Tu sais, ma chérie, dès que je sors du Domaine, les autres ne me voient pas comme toi tu me vois. La plupart des hommes sont excités par ce corps que je trimbale, ils ne rêvent que d'une chose, me fourguer dans leur lit pour me baiser. Désolée de ces mots crus… mais j'en suis désespérée par moments.

– Vraiment ?

– Et la plupart des femmes me détestent, car elles ne perçoivent (en moi) que la menace pour leur couple. Je serais le stéréotype de la voleuse de maris, celle qui fait succomber, une sirène maléfique qui ensorcelle. C'est hallucinant ! Épuisant ! Ça semble différent de ce que tu ressens, néanmoins c'est similaire. Et c'est injuste.

La minuterie a retenti, stridente. J'ai sursauté, elle a remisé sa démonstration.

– On va passer au rinçage et découvrir la nouvelle Romy ! T'es prête ?

– Carrément.

Le résultat s'est avéré surprenant. Blond platine, même sur cheveux mouillés, la métamorphose était époustouflante. Après un bref instant où, décontenancée, je me suis demandé ce qui m'avait pris de faire cette folie, j'ai secoué mes boucles encore humides, mon visage s'est alors illuminé. J'étais radieuse, l'adolescente se voilait dans les brumes du passé, je mettais le pied (la pointe tout du moins, telle une ballerine gracieuse) dans une écorce plus féminine, plus femme.

– Je kiffe à mort !

Ensuite, Gigi m'a séché les cheveux en effectuant un brushing discret. J'étais excitée comme une puce, gigotant sur mon siège, et ravie de la Marilyn qui resplendissait dans la glace.

Le reste de la matinée, nous avons poursuivi joyeusement nos soins d'embellissement. Masque, gommage, maquillage, manucure, pose de vernis (du violet pour Gigi, du rouge pétard assorti à mes lunettes pour moi).

Soudain, j'ai cherché mon portable, machinalement, comme je le faisais régulièrement depuis lundi, puis me remémorant que maman avait tout planqué au coffre, je passais à autre chose. Cependant, cette fois-ci, je voulais faire un selfie pour l'envoyer à Dylan. J'aimais l'idée de partager cette émotion avec lui, en instantané. L'air ronchon, j'ai bougonné en lui tirant la manche :

– Dis, je ne peux pas récupérer mon téléphone ?

– Ça n'est pas une bonne idée, ma chérie. On est mieux sans.

J'ai soupiré, la déception était grande.

– Et tu ne veux pas me dire pourquoi ?

Le doute a vacillé dans ses prunelles d'ordinaire si déterminées. Elle m'a regardée. Crispée. Écartelée. Pétrie d'incertitudes. Elle ne savait plus si sa décision était judicieuse ou si tout cela revêtait encore un sens. Ou un non-sens. Les muscles relâchés, les vannes ont paru céder.

– Ces derniers temps, tu es fragile, ma Romy chérie. J'ai... J'ai pensé que ça faisait trop à encaisser... Enfin, pas que moi, d'ailleurs... Ton père et même André... On a bien réfléchi...

– Mais de quoi parles-tu ?

– Il y a eu la mort de ton petit frère. Tu as du mal à faire le deuil depuis un an... On en a parlé tout à l'heure. Il y a eu en plus ces horreurs endurées ces derniers mois. Le harcèlement de cette fille. J'ai... J'ai eu peur pour toi... que ce soit le coup de grâce...

Le teint blême, Gigi a cherché ses mots, consciente de l'étrangeté de leur saveur dans sa bouche. Elle s'est rapprochée, m'a saisi les mains, les a tâtées avec ferveur.

Le besoin de me toucher, de me savoir là, près d'elle, récupérer des forces, poursuivre ses bizarreries.

Pendue à ses lèvres, la panique a enflé sous ma poitrine. Elle m'a fait peur. Je redoutais ses révélations.

– Dis-moi, maman, cesse ce suspense insoutenable.

Son inspiration s'est éternisée, oscillant d'une apnée forcée à une prise d'oxygène ralentie à l'extrême. C'était irréel. L'angoisse suintait au bout de mes doigts enroulés dans les siens. J'ai resserré mon emprise pour ne pas glisser et lâcher ma bouée de sauvetage.

– David Bowie est mort.

D'une traite, elle m'a balancé ça. Se débarrasser au plus vite de la brûlure du secret qu'elle conservait pardevers elle depuis quelques jours. Un projectile jeté entre nous, qui a tournoyé sur lui-même, puis s'est dégoupillé violemment. Je n'ai pas percuté tout de suite. Elle m'aurait parlé d'un illustre inconnu, ça aurait fait pareil. Elle a observé attentivement ma réaction. Prête à me prendre le pouls. Des regrets flottaient déjà dans son regard anxieux, mais trop tard pour revenir en arrière. De l'incompréhension ronronnait dans mon esprit, brouillait mes neurones. Était-ce l'information qui me troublait ou le choc qu'elle en escomptait ? Difficile à énoncer.

– Ne dis rien, ma chérie. On peut en discuter après. J'ai conscience que c'est ton idole et que tu l'aimes beaucoup. J'en suis désolée. Je savais… Je savais que ça serait *le drame* de trop. C'est pour ça qu'on a supprimé tous les portables, téléviseurs, ordinateurs qui auraient pu te mettre au courant… Oh, zut, je n'aurais pas dû t'en parler tout de suite…

– Vraiment ? ai-je murmuré.

Elle a grimacé. Mon apathie ou mon apparente indifférence ont ébranlé ses certitudes. Elle m'a tâté le front en quête d'un état fiévreux. J'ai attrapé sa main pour l'embrasser avec tendresse et la garder sur ma joue.

– Maman…

Les mots s'engluaient, se bloquaient et ne parvenaient pas à jaillir.

– Ah… J'avais escompté une tout autre réaction, plus brutale ou violente… Il paraît que quand les idoles meurent, les fans vacillent… Alors, j'ai paniqué.

Je me suis mise à bégayer pendant que mes yeux s'embuaient. J'ai réalisé l'irréversible réalité de ces propos.

– Je… Je ne vais pas tomber dans les pommes, ni piquer une crise de nerfs, même si c'est triste… Il était très malade. Je m'attendais à son décès. C'était imminent.

– Ah…

– Son dernier disque *Blackstar* est un album-testament. Il y évoque la mort, sa carrière. J'ai déjà écouté deux singles sortis avant Noël.

– Je ne savais pas tout ça.

– Néanmoins, je conservais le fol espoir de pouvoir assister à un de ses concerts. Maintenant, c'est fini. Ça me peine beaucoup.

Les larmes ont coulé sur mon visage. Lentes et dignes. Elle m'a serrée fort dans ses bras. Je me sentais vidée et, à la fois, libérée d'un poids enfilé, inconsciemment, dès le lundi matin au réveil. Des sensations bizarres et paradoxales m'agitaient mollement, presque au ralenti. De celles qui secouaient lors de la disparition d'un ami cher, qu'on aurait perdu de vue pendant de longues années, qu'on aurait continué d'aimer dans le spectre suranné des souvenirs, lointains, sublimés, avec une nostalgie réconfortante, chaude, enveloppante. Il y avait aussi ce désir subit de l'effacer, l'air de rien, des murs de ma chambre, de le recouvrir d'autres affiches. Comme une douce évidence de passer à autre chose. Décidément, ma vie me jouait d'étranges tours l'année de mes seize ans.

– Tu m'en veux ?

– Non, bien sûr que non.

Gigi s'est mise à ranger et nettoyer le salon de coiffure. Avec frénésie et concentration.

J'ai reniflé, les yeux secs. J'ai pris la pose devant le poster de Marilyn Monroe. La fierté d'une infime ressemblance m'a percutée. Avec ses rondeurs, ses imperfections, son légendaire mal-être, elle illuminait de beauté. Je voulais recouvrir le moelleux du pain d'épices, les mélodies de Ziggy Stardust, la légèreté du temps d'avant, de Désiré, la saveur du paradis, la grâce de mes seize ans, l'insouciance qui se détricotait, l'espérance de mes rêves. Je m'étais tout doucement reconquise, à cheminer ces derniers jours de l'un à l'autre, autour de moi, de mes terreurs, de mes peines, de mes doutes.

J'avais aussi retrouvé mon précieux portable. J'ai fait des selfies pour Dylan.

23

Mon nouveau look a fait l'unanimité. Radieuse de bonheur, je me suis appliquée à secouer ma chevelure de starlette sous les regards. J'ai eu le sentiment de défiler sur la Croisette ou de gravir le tapis rouge à Cannes. Je me sentais belle comme jamais. Alors, j'ai souri à m'en décrocher les zygomatiques.

Mon oncle s'est approché de moi, avec son cigarillo. Il a soufflé la fumée dans la blondeur de mes boucles. Hypnotisé par l'effet ton sur ton. Pablo m'a entraînée dans son atelier pour me mitrailler de photos sous le kit d'éclairage en forme de parapluie, des idées en éclosion d'une future toile l'assaillaient de toutes parts. J'ai gloussé de joie enfantine à me sentir aimée par son œil d'artiste. Edison a sifflé longuement, admiratif. C'était énorme, car il était avare de mots et encore plus de compliments. Et Dylan a mis un temps fou à refermer la bouche tant son extase était vive dès qu'il m'a vue, en ouvrant la porte d'entrée. Ensuite, sa main tiède a caressé mes cheveux pour se convaincre de leur réalité. De leur douceur aussi. Pendant ce temps, Gigi savourait son soulagement d'avoir lâché le morceau, de s'être libérée d'une angoisse, tout en me permettant d'exhaler mon aura en pleine lumière.

Alors, elle a virevolté, dressé une jolie table, sorti les verres à pied, une bouteille de vin blanc, tendu des fanions multicolores sur un fil interminable, gonflé quelques ballons, allumé des bougies. Il fallait fêter les moments heureux, les danser, les chanter. Il fallait les graver dans nos âmes à l'encre indélébile, et se dire plus tard, au temps des champs de rides et des toisons grises, qu'on avait sacrément bien vécus.

Le dîner a été magique.

Déjà, nous étions ensemble, ce qui (finalement) était assez rare. Pablo prenait souvent ses repas (quand il daignait se sustenter de nourritures terrestres) à l'atelier, Edison dans sa chambre ou avant nous à la cuisine (il était solitaire, difficile aussi). Je mangeais la plupart du temps avec Gigi et André. Forcément, être réunis représentait une nouba très gaie. J'ai fait des tas de photos, de selfies, avec mon portable retrouvé. Une galerie de grimaces, de sourires, de dents émaillées, de regards radieux, pétillants.

La fête fardait nos visages heureux.

Les verres s'entrechoquaient, les discussions allaient bon train, vives et enjouées, le vin empourprait les joues, floutait les pupilles, forçait les timbres de voix. Gigi avait sorti des amuse-gueules, du saumon fumé, du foie gras, des terrines parfumées. Prévoyante en tout. On s'est régalés, bruyamment, goulûment. On a fini par dévorer des crèmes glacées, nappées de chocolat et de chantilly. C'était si bon qu'on se pourléchait les doigts.

On était tous un peu *pompettes* et hilares. La première bouteille de blanc s'est ensuivie d'une deuxième, d'une troisième, puis le champagne a accompagné le dessert. Les verres ne restaient pas vides longtemps. La main lourde, André promenait en rase-mottes la bouteille, inclinée au-dessus de la table, guettant celui à remplir ou à équilibrer. Il semblait investi d'une mission divine. À la fin, son bras a vacillé, il fronçait des yeux concentrés, mais ça n'était plus suffisant. Le goulot gouttait partout, alors qu'il râlotait de ses maladresses. Pablo a réclamé du whisky qu'il a savouré avec mon oncle, dans d'énormes verres à cognac qu'ils agitaient savamment pour décupler les arômes. Il a hurlé entre deux rasades que, si Rosario Félix revenait, il se livrerait à la police « *pour qu'on en finisse une bonne fois pour toutes* ». Nous avons ri, mais il semblait sérieux, tout autant que son degré d'alcoolémie le permettait.

Soudain, Gigi a monté le son, Sia chantait *Bang my Head* de David Guetta. Les bras en l'air décrivant des arabesques, elle s'est mise à danser. J'ai gloussé d'envie. Impossible de rester assise, alors j'ai bondi à ses côtés, en me trémoussant. J'ai embarqué Dylan qui rouspétait. Il préférait nous regarder. Raide, empoté, une de ses jambes battait la mesure, en mimant des percussions invisibles de ses mains. La danse n'était pas son truc, il le confirmait sur le carrelage du salon. Il m'a fait mourir de rire, je le trouvais désopilant et émouvant. Soleil de lune, Gigi a tournoyé, caressant la joue de Pablo qui s'émerveillait de la beauté de sa femme. Les bougies crépitaient leurs flammes sur son corps en mouvement. Les ombres gracieuses glissaient sur les murs. Une fine transpiration auréolait ses tempes, ses bras. L'odeur de l'amour filtrait partout, emplissait les pores de l'atmosphère ambiante.

Il était des moments uniques, extraordinaires dans une vie. Des instants de grâce de lendemains orageux. Des instants qu'on souhaiterait éternels. Ce soir était un de ceux-là. Même Edison et André se sont levés pour danser.

Nous étions heureux.

24

Doucement éméchés, on s'est quittés fatigués, mais joyeux. La musique bruissait encore dans les embruns d'alcool de mon crâne. Après le point d'orgue d'euphorie mélancolique où nous avons rendu hommage à Bowie, sur ses tubes les plus *dance*. Edison a aidé maman à débarrasser, nettoyer et ranger. André a raccompagné Pablo à son atelier en fumant. On aurait dit deux vieux frères fêtards, s'éloignant de dos sur le sentier du village de leur enfance. Ils avaient emporté les verres et la bouteille de whisky pour prolonger la dégustation. J'ai embarqué Dylan dans ma chambre.

Littéralement épuisée, je me suis écroulée sur mon lit. Une habitude amplifiée par la réalité de cette soirée de folie douce. Mon corps pesait le poids d'une enclume. Ma tête s'étourdissait d'une farandole étoilée. J'avais trop bu. Un satané hoquet m'a secoué la gorge. C'était cocasse, Dylan a ri.

– T'es trop belle en Marilyn !

J'ai piqué un fard, tentant d'atténuer mes soubresauts d'alcoolique occasionnelle, la main sur la bouche. D'un plissement de paupières, j'ai fait la mise au point. Dylan était flou, il oscillait d'avant en arrière. À me donner le tournis, la nausée.

– Merci mon chou. Tu viens dormir à côté de moi cette nuit ?

Il a hésité. Des étincelles humides coloraient ses yeux. Y déceler une nuance de désir me démangeait. Aux prises avec ma libido décuplée, j'ai réfréné mes ardeurs. Oh, punaise, j'étais bourrée. Dylan n'était pas en reste, même si la fatigue supplantait l'ivresse. Il avait fait gaffe aux techniques sournoises de remplissage de mon oncle. Conservant son verre par-devers lui pour éviter les abus.

– Promis. Je ne t'embête pas à te tripoter.

Goguenarde, j'ai attendu en tapotant la place vide, sur le lit à mes côtés. Il ne s'est pas fait prier, se glissant entre les draps et la couverture. En tout bien tout honneur. Collés par le sommet de nos crânes jumeaux, main dans la main, nous avons fermé les yeux. Lessivée, mais heureuse. Une langueur fulgurante m'a soudainement emportée. En un dixième de seconde, je dormais. Sur le dos, la bouche entrouverte, un léger ronflement berçait ma respiration plus régulière qu'un métronome.

Un rêve bizarre m'a troublée. Cernée par une foule de personnes masquées et chapeautées de têtes d'animaux, je flottais, je n'avais pas peur. J'étais même paisible. Un tigre, un éléphant, un chien, un rat, un singe et tant d'autres défilaient. Je tournais sur moi-même pour les suivre, les effleurer des doigts, caresser le vide, car ils glissaient trop vite, ou j'étais trop lente à toucher ma cible. Quelques-uns ont ôté leurs fausses gueules. Désiré, Bowie, Dylan, ma famille étaient là, dissimulés, rempart de protection. Subitement, le sol s'est dérobé sous leurs pieds, aspirés, engloutis, l'un après l'autre. Je me suis retrouvée plus seule qu'un astre perdu dans l'immensité de l'univers. La terreur m'a envahie, de la pointe des pieds à la racine de mes cheveux blonds. Je me suis pixelisée, brisée de mille éclats de verre, effacée de la surface. Là, en revanche, une douceur étonnante m'a transpercée. Un ruban de sérénité a enveloppé mon cœur transparent.

Je me suis réveillée, la bouche plus pâteuse qu'au coucher. Une soif abominable me tourmentait. Les idées me sont réapparues. La soirée passée, mon petit frère que j'avais laissé s'envoler, Bowie qui était mort, la fête en l'honneur d'Edison, le dîner et Dylan, contre moi. Il roupillait encore, sur le flanc en chien de fusil, les deux poings serrés sous son menton duveteux. Ses paupières tressautaient. Il rêvait. Mon cœur s'est emballé. L'émotion infusée dans le corps m'a chatouillée, brûlant l'attente interminable. J'aurais pu rester ainsi des jours. J'ai souri tendrement et je l'ai regardé dormir. L'homme de ma vie. Celui d'un amour impossible, si pur, si beau.

Son visage était tout à moi (pour une fois). Je l'avais rarement vu d'aussi près. Sa peau pâle, imberbe, accueillait les premiers poils. L'envie de caresser ses longs cils soyeux, sa bouche mince, son nez aquilin, ses pommettes saillantes me dévorait littéralement. De l'embrasser avec audace, fougue, volupté. D'un baiser de cinéma ou de roman.

Cette intimité troublante m'intimidait.

J'ai posé ma main sur les siennes incandescentes. Les battements de mon cœur se fondaient au bout de mes doigts. Mes narines ont respiré l'air tiède qu'il expirait. Je me gorgeais de lui. C'était délicieux. Ça m'a fait sourire, mais soudain j'ai senti mon haleine chargée, j'ai imaginé le choc qu'il aurait à son réveil de me voir si près, si puante, si moche avec le maquillage de la veille dégoulinant sous les yeux. Sa déception, son dégoût. Non. La panique s'est diffusée, bombe à retardement. J'ai repris ma main avec une prudence de Sioux. J'ai roulé lentement hors du lit (constatant avec effarement que j'avais dormi tout habillée, ce qui en disait long sur mon état de fatigue et d'alcoolisation à la suite du dîner), filé, sur la pointe des pieds, dans la salle de bains pour mesurer l'étendue des dégâts et les atténuer. Je me suis lavé les dents, sans faire de bruit. La saveur mentholée m'a requinquée. J'ai nettoyé les coulures de mascara, de rouge à lèvres à l'aide d'un coton humide. J'ai badigeonné de fraîcheur déodorante mes aisselles. J'ai recoiffé mes cheveux entre mes doigts. La couleur était hallucinante. Lumineuse. Mon reflet radieux me faisait de l'œil dans la glace. J'ai grimacé, pris la pause, fait la moue. J'étais visible. Ouf !

À ce moment, il a soupiré sur le lit. J'ai tressailli. Je désirais être près de lui à son réveil, être celle qu'il voyait aux premières lueurs du jour, en ouvrant ses paupières.

Prudemment, je me suis rapprochée, je me suis faufilée sous les draps sans faire de bruit et j'ai repris ma position d'observation, le nez à dix centimètres du sien. J'avais juste eu le temps de constater que mon chat n'était pas là. Sans doute que la présence répétée de Dylan dans ma chambre chamboulait sa quiétude. C'était plutôt rare pour être noté.

On est restés là encore de longues minutes.

Il était un peu plus de sept heures. Dylan devait aller au lycée, il lui faudrait bientôt se lever. Une horloge intérieure actionna mollement ses yeux. Je n'ai pas bougé d'un iota, afin de faire durer ce moment magique où il n'était qu'à moi. Je voulais capturer son image, son odeur, tout de lui. Il m'a souri.

– Ça fait longtemps que tu m'observes, luciole ?

– Un peu, je te laisse dormir.

– Hum… Tu admires le beau gosse ?!

J'ai gloussé. Il parlait rarement ainsi, à faire le mariole. Ça n'était pas son style.

Et puis, un truc incroyable s'est produit. Il s'est approché, étirant sa tête vers moi, ses lèvres. Il m'a embrassée, enfonçant doucement sa langue dans ma bouche. Une décharge électrique m'a secouée. J'étais stupéfiée. Liquéfiée. Le désir a grossi en moi alors que la couverture faisait un rempart protecteur entre nous. Ce baiser exquis s'est prolongé encore.

En s'éloignant, nos yeux tissaient une toile. La midinette tremblait en moi.

– C'était réel ? ai-je bredouillé.

Il a hoché la tête et s'est redressé. Lui aussi avait dormi habillé.

– Tu te lèves déjà ? On ne peut pas remettre ça ?

Il a souri. Dieu, ce qu'il était beau. Tout à fait à mon goût.

– Il faut que je me grouille, Romy.

– Tu me plantes ?

– Ben, non... Mais faut que j'y aille.

Y avait bien un truc que je ne saisissais pas trop ce matin. Quelque chose d'anormal. Il me laissait en plan avec mes réflexions. L'amitié faisait faire des choses incroyables, surtout dans les moments douloureux où les mots ne suffisaient plus. J'ai suivi Dylan dans la cuisine pour prendre un rapide petit-déjeuner. En passant devant la porte entrouverte de mon frère, j'ai vu Bowie qui roupillait au bout du lit. Boule de poils indifférente. J'ai trouvé que ce chat était effroyablement ingrat. Il me fuyait à présent.

En bas, Edison sortait de la chambre de maman. Moulé dans une tenue de sport qui dévoilait un corps musculeux. Son teint métissé était chiffonné par une nuit trop courte, après l'effervescence de la veille. Un clin d'œil en ma direction et il est parti au pas de course faire son jogging. Rien de tel qu'un matin froid pour recoller les idées en place.

Dans son peignoir fleuri, Gigi avait tout préparé, comme à son habitude. Dylan s'est empressé de grignoter un bout, en buvant un jus de fruits. Il évitait mon regard, j'en aurais mis ma main à couper. C'était moche, alors que je tentais d'étirer et de conserver ce doux moment de guimauve. Il n'a pas traîné ensuite, en me disant à ce soir. Sans vraiment se retourner, enfin à peine, un geste, un sourire timide. Il est parti.

« *Tu regrettes ?* » ai-je tapé sur mon portable. « *Non. C'était chouette* », a-t-il répondu. « *Alors ? Pourquoi tu fais genre de m'ignorer ?* » « *Mais non. C'est juste bizarre.* » « *Finalement, t'es bi ?* » « *Tu fais chier, Romy ! À ce soir.* » « *Toi aussi, tu gonfles…* »

25

Un hurlement a retenti à l'autre bout de la maison, au fond du couloir. Ça provenait de l'atelier. L'étrange rugissement rebondissait en écho infini sur les parois de nos silences. Sidérées, nous nous sommes regardées avec maman. La gravité a éclaté au-dessus de nos coupons de tissus, des fils, des aiguilles et de la machine à coudre. Le plaid en patchwork en cours de réalisation pour mon fauteuil attendrait que nous en ayons le cœur net. L'inquiétude a noirci nos visages. Nous cherchions à comprendre la nature de ce que nous entendions. Laissant tout en plan, nous avons couru jusqu'à l'antre de l'artiste, alors que le cri résonnait. Nous avons fini par décrypter les mots vociférés.

– Je vais le tuer ! Je vais le tuer ! Je vais le tuer !

Un sentiment d'horreur m'a traversée. Les jambes en compote, je peinais à suivre Gigi, qui conservait son calme, mais c'était plus fort que moi, je voulais être là. Elle m'a impressionnée. Je me suis réfugiée dans son dos.

Edison nous a rejoints au moment où nous ouvrions la porte de l'atelier. Avec une prudence infinie et la peur au ventre de ce que nous allions découvrir.

De l'autre côté, le chaos.

Des effluves de whisky et de sueur empestaient dans l'atmosphère confinée. La bouteille avait rendu l'âme. Ils avaient picolé toute la nuit, refaisant le monde (à n'en pas douter). Il y avait fort à parier qu'ils étaient saouls. Avachi dans un coin, André cuvait son vin, vaguement réveillé par les vociférations de Pablo, qui tournait en rond sur son fauteuil roulant. Il avait actionné le mécanisme qui sifflait en continu. Son visage était défiguré par l'alcool, la fatigue et la haine. *Mais la haine de quoi d'ailleurs ?*

– Calme-toi, a fait Gigi en s'approchant. Et arrête de brailler comme ça ! Tu fais peur à tout le monde, à Romy surtout !

– Il est là ! Encore ! a-t-il meuglé à pleins poumons. Je vais le tuer ! Le tuer !

– Mais de quoi parles-tu ? Viens là !

Gigi a tenté de lui saisir le bras pour l'apaiser, mais il tournoyait avec vigueur sur sa machine infernale.

– Fais gaffe, a conseillé Edison. Reste un peu à l'écart. Il m'a l'air pris d'un accès de démence.

– J'suis pas fou ! a-t-il rugi.

– Alors, cesse de bouger dans tous les sens. Tu nous files le vertige.

– Andrééé ! Andrééé !

Pablo a gueulé, plus fort encore, sans faire cas de nous, obnubilé par son idée.

– Va le chercher et ramène-le tout de suite. Je vais le pendre à cet anneau de boucher et le mettre tout là-haut. Il va se vider de son sang, saloperie de poulet. C'est tout ce qu'il mérite !

Quand il a prononcé le mot « *poulet* », un souvenir fulgurant m'a percutée de plein fouet. Il avait bien menacé le policier de sévères représailles s'il repassait le pas de la porte. Mais des intimidations d'alcoolique n'étaient finalement pas grand-chose, un jet de poussière dans la nuit noire, qui retombait et disparaissait sur le sol terreux.

Gigi était atterrée du spectacle pitoyable qu'ils offraient l'un et l'autre. Immobile, Edison attendait les consignes. Il marchait sur des œufs en permanence pour éviter de froisser les susceptibilités de chacun. Il se rangeait systématiquement à l'avis de Gigi, qui ralliait les suffrages.

Alors j'ai foncé à la fenêtre pour constater que Rosario Félix stationnait (en effet) sa voiture dans la cour du Domaine. Il ne se doutait pas du traquenard dans lequel il allait tomber. Il était seul. Je me suis interrogée sur la puissance de mon père. Était-il en capacité de tuer un homme ? Ou bien étions-nous en présence d'une farce grotesque de la *commedia dell'arte* ? Son aspect m'a impressionnée, même si j'étais rompue à son volcanisme légendaire. Il aimait la jouer à la méditerranéenne, à l'Espagnol, « à la matador » exalté dans l'arène survoltée par les mugissements des aficionados.

– Andrééé ! Andrééé !

Il vociférait à nouveau.

Mon oncle a fini par se hisser sur ses jambes. Il n'avait pas fière allure, avec son faciès de pochetron éreinté. Il avait pris dix ans. Dans des circonstances différentes, ça aurait pu être drôle, mais la tension dramatique résonnait dans l'immensité de la pièce, ricochant de l'un à l'autre.

– J'y vais, Pablo, a-t-il baragouiné en se mettant en marche laborieusement. Je te le ramène par la peau du cou !

Gigi s'est dressée en travers de son chemin. Il s'est arrêté, a vacillé, à la limite de s'écrouler.

– Tu n'iras nulle part, André. Assieds-toi et cuve ton vin !

D'une main ferme, elle a pris son bras et lui a intimé de s'installer sur la chaise. Il n'a offert aucune résistance. Au contraire, il m'a paru ravi de se (re)poser à nouveau. L'énergie lui faisait cruellement défaut.

Déconfit, Pablo s'est arrêté net. Les mâchoires saillantes. Il a fixé sa femme, les yeux dans les yeux. Tel un taureau prêt à charger. Il maîtrisait son fauteuil roulant, actionnant par intermittence le bouton du moteur qui effectuait de réguliers soubresauts. À l'instar d'une moto dont on faisait vrombir les chevaux au feu rouge. Un duel s'ourdissait.

– Tu as fini ton cirque ? a questionné Gigi, cinglante. Vous êtes encore saouls ! La fine équipe. Bravo !

– On a un peu bu, je l'avoue. Mais ça aurait pu être pire. Je tiens encore debout. Enfin assis, me concernant. En revanche, ton frère est à l'ouest, je le concède. Le whisky, ce n'est pas son truc.

– Vous n'êtes qu'une bande d'ivrognes idiots. Tu imagines si Rosario était témoin de cette scène pathétique ?

– Ben quoi ? Il va cesser de nous emmerder et arrêter de pointer sa gueule chez nous. Ma méthode est radicale, mais efficace.

– Mais, Pablo, tu délires complètement ?!

Mouché par les remarques acerbes de Gigi, Pablo s'est renfrogné. Un gosse de douze ans n'aurait pas fait mieux.

– Ce matin, vous allez vous reposer et ensuite, quand vous aurez retrouvé vos idées, vous irez prendre une douche.

– Gigi ?!

– Donne-moi ce truc avec lequel tu veux embrocher Rosario. Franchement, c'est n'importe quoi !

Déterminée, elle s'est saisie du crochet pointu en métal. Ça pesait le poids d'un cheval mort. Edison est venu lui prêter main-forte. J'étais ébahie de voir la vigueur herculéenne de mon père. Il parvenait à se hisser dans son système de cordée à la force de ses bras. Tout était fait pour compenser la perte de ses jambes. Il a soupiré, concédant la défaite, mais soudain ses yeux ont dardé des éclairs furibonds. Il a enclenché le bouton, la marche avant, le moteur a rugi et le fauteuil roulant a foncé droit devant. Mais, pris de court, son doigt a ripé et l'ensemble a tressauté pour venir mourir aux pieds de Rosario Félix, qui se tenait sur le pas de la porte.

– J'ai frappé, mais vous ne m'avez pas entendu, a-t-il expliqué, d'un ton embarrassé. En même temps, vous me semblez bien occupés…

Gigi s'est empressée de s'asseoir sur les genoux inertes de Pablo, posant sa paume de main sur sa bouche pour lui intimer le silence. Elle n'avait trouvé que ce subterfuge pour le canaliser. Il en a eu la chique coupée, alors qu'il tentait de parler. « *Chut* ! a-t-elle fait à son oreille. *Tais-toi !* » Mon père était déjà désabusé par sa maladresse (incompréhensible) d'avoir stoppé le moteur au lieu d'accélérer plein gaz et de faucher l'objet de son animosité, en chair et en os devant lui. C'était à peine croyable ! Quel manque de bol !

Je me suis alors demandé si Rosario avait entendu les menaces vociférées dans l'atelier. Forcément le volume était à son paroxysme. Mais il n'en a laissé rien paraître. Le visage impassible.

Un sourire confus, Gigi l'a poliment salué :

– Hello, Rosario, quel bon vent t'amène une *nouvelle* fois chez nous ?

Elle n'a pu s'empêcher d'exprimer le sentiment de tous, il a grimacé. En même temps, il devait admettre que sa présence répétée pouvait être malvenue, voire engendrer un pétage de plombs de notre artiste au sang chaud.

Pablo a grogné, elle a ôté sa main en lui faisant promettre de se taire. Étonnamment, il a acquiescé d'un hochement de menton. À sa place, je n'aurais pas donné cher de la parole de mon père. Je l'avais rarement vu aussi furax, mais suffisamment pour savoir qu'il était incontrôlable.

– Je peux vous parler ? Ravissants tes cheveux, Romy !

– Merci, ai-je fait, en rougissant.

– Bien sûr, a répondu maman. Qui de nous souhaites-tu mettre en garde à vue cette fois ?

– Bah... Tout de suite les grands mots... J'ai conscience que ma présence n'est pas des plus agréables ces derniers jours, mais c'est pour les besoins d'une enquête criminelle. Il y a eu un cadavre. Malgré tout ce qu'on pense de Greta Sanchez, elle a été séquestrée et en est morte. Je dois trouver le coupable. On ne se fait pas vengeance soi-même, on saisit la justice.

– Les leçons de morale, très peu pour nous, a marmonné Pablo entre ses mâchoires serrées.

– Chut ! l'a sermonné Gigi, puis se tournant vers Rosario, lasse de tout ça. Qu'est-ce que tu veux savoir ?

Il m'a interrogée à nouveau ainsi que maman sur nos échanges avec Mauricette Leblanc. Visiblement, les mouches avaient changé d'âne, la professeure principale était à présent dans le collimateur de la police. J'ai donc répété ce que j'avais *déjà* expliqué. Nous l'avions vue quatre fois pour l'alerter sur les agissements intolérables de Greta Sanchez. Preuves et exemples à l'appui, nous avions pointé clairement des faits de harcèlement scolaire. Nous avions requis expressément son intervention et celle de l'école. Les brimades, les mauvais traitements et les menaces subies ne devaient pas en rester là ni être impunis. Mais nous étions respectueux (visiblement trop) de la hiérarchie et persuadés qu'elle œuvrerait et me mettrait en protection au plus vite. Mauricette Leblanc semblait tellement compréhensive, compatissante et combattive. Comment ne pas la croire ? À la quatrième fois, force a été de constater que la situation n'avait pas progressé d'un iota. Toujours rien et Romy restait tourmentée par « *sa harceleuse* ». Gigi avait donc haussé le ton et obtenu un rendez-vous avec le proviseur à la rentrée de janvier. Cette première semaine. La décision avait été prise aussi de retirer Romy de l'école (même si la mort de Bowie était venue se surajouter).

J'ai revu le visage de ma professeure. La plus sympathique de tous, plébiscitée par ses élèves, appréciée par ses collègues, louée par son administration pour son engagement. Le genre d'enseignant disponible qui restait après les cours, discutait, expliquait, argumentait, imaginait des solutions aux problèmes. Du coup, son immobilisme suite à nos plaintes s'avérait incompréhensible. Nous avions fini par penser que la situation trop complexe la dépassait et qu'elle n'osait pas se l'avouer, habituée à résoudre d'elle-même les difficultés. Nous lui avions même trouvé des circonstances atténuantes, car elle n'agissait pas ainsi en temps normal. Greta Sanchez était un os de taille. Le harcèlement scolaire était un délit grave, encore ardu à manipuler pour beaucoup.

Alors que je parlais, Dylan m'a envoyé un SMS : « *Leblanc est en garde à vue !* » Estomaquée, je l'ai montré à maman. Pablo a sifflé sa stupéfaction, entre deux relents de whisky. Décidément, depuis l'annonce de la mort de Greta Sanchez, les choses évoluaient bizarrement. Sans réelle logique. Bien sûr, nous n'avions pas la vision de la police, seulement la nôtre au Domaine, celle qui concernait ou incriminait notre famille.

– Mme Leblanc a été arrêtée ? ai-je demandé.

– Placée en garde à vue serait plus précis, a-t-il répondu après un bref instant d'hésitation. Il y a des incohérences dans sa déposition et des points de détail que nous souhaitons corroborer. Dont d'ailleurs son attentisme à agir et dénoncer le harcèlement dont Romy a été victime.

– C'est troublant, énoncé comme tu le fais, a repris Gigi, dubitative. Elle aurait voulu protéger Greta Sanchez ? Elle la connaissait bien ?

– Je ne peux pas encore vous répondre. C'est l'objet, entre autres, de la garde à vue. Mais, je ne manquerai pas de vous tenir au courant.

Il allait prendre congé.

Un dernier coup d'œil sur mon oncle qui cuvait son vin. Il n'était pas à son avantage. S'il savait, il en serait très mécontent. Lui qui prenait toujours soin de l'image de maîtrise qu'il renvoyait autour de lui. Là, il fallait bien admettre qu'il ne contrôlait plus rien.

– Je risque de revenir. J'espère que d'ici là vous aurez planqué ce crochet de boucher, je tiens à garder mes omoplates intactes.

Pablo a haussé les épaules d'un air incertain, alors que Gigi, amusée, lui souriait à belles dents. Il s'est tourné vers moi pour me complimenter (une nouvelle fois) sur la couleur de mes cheveux. J'étais écarlate.

26

Le nez collé à la fenêtre de l'atelier, j'ai regardé Rosario Félix partir au volant de sa voiture. Je songeais à ce qu'il nous avait appris. C'était à peine croyable… Mauricette Leblanc n'aurait rien fait pour traiter nos plaintes, dans l'unique objectif de protéger Greta Sanchez. Dans quel intérêt ? Ça paraissait tellement invraisemblable. Envisager les choses sous cet angle ne leur était même pas venu à l'idée. Et encore, ne serait-ce qu'y penser était perturbant ? Cette dame était si gentille. Ou trop ? On ne se méfiait jamais assez de la sympathie (ou des sourires) qui parfois cachait d'autres intentions, bien moins sympathiques. Mais l'imaginer en garde à vue, sous le feu d'un interrogatoire musclé, dépassait les bornes de l'entendement. En même temps, ça ne prouvait rien. Edison avait subi le même sort, il y a peu, et il en était sorti blanchi. Bref, tout ça, était troublant, mais prématuré pour en tirer des conclusions définitives.

J'ai informé Dylan par SMS que le policier partait de chez nous.

Machinalement, mon regard a bifurqué vers l'étable. J'ai cru apercevoir la silhouette de Miniranger. D'un soupir, j'ai songé qu'il me faudrait cesser ces hallucinations. Ses deux corniauds jouaient dans la paille. Ils tournaient en rond, s'attrapaient la queue, aboyaient joyeux. Subitement, j'ai été chamboulée, en constatant que la plupart de mes visions mettaient en scène mon petit frère là-bas. C'était fou, mais tant pis, j'ai voulu m'y accrocher. Il y avait bien *quelque chose* puisque ses chiens ne quittaient plus ce lieu. Sans doute irrationnel, mais néanmoins réel. Avant, ils suivaient Désiré partout, dormant dans sa chambre où, à présent, ils se refusaient à aller. Jour et nuit, ils restaient, en faction à l'étable, à l'entrée ou dans un coin près des stalles des chevaux, sur la paille. À l'endroit où j'avais trouvé le carnet noir.

Bien sûr, c'était là où le drame s'était produit quelques mois auparavant. Promis à une mort prématurée en raison de sa maladie orpheline, induisant calvaire et traitements douloureux, Désiré était finalement parti instantanément. D'un claquement de doigts. Rupture d'anévrisme. À peine onze ans. Il n'avait pas souffert. La paille avait amorti sa chute. Sur le flanc, légèrement recroquevillé, il paraissait assoupi. L'un des chiens l'avait guetté, l'autre avait décampé ventre à terre chercher de l'aide, guidé par un sixième sens. Maman avait été la première sur les lieux, à le découvrir. Je ne parvenais toujours pas à comprendre comment elle avait pu résister, ne pas tomber, ne pas sombrer, ne pas se briser, ne pas mourir à son tour.

D'une certaine manière, on était tous morts ce jour-là, dans les flammes du paradis perdu. Un morceau essentiel de nos cœurs s'était décroché dans le gouffre béant, broyé par la souffrance. La plaie n'en finissait pas de saigner, impossible à cautériser.

C'était tellement injuste !

À cet instant, les chiens s'ébrouaient gaiement. J'ai eu l'impression qu'il était *là*, au milieu d'eux. Invisible, mais présent. Enroulé dans les tourbillons et les courants d'air, grain de poussière éclairé par un soleil doux dans l'atmosphère trouble. J'ai *su* qu'il était *là*. Les chiens restaient, auprès de lui, à le protéger dans cet entre-deux étrange. Dans la mort.

J'étais déterminée à réparer mon erreur.

Je suis alors partie chercher le carnet noir que j'avais déposé sur la table de nuit de sa chambre. Consciente que je n'aurais pas dû y toucher. J'ai filé à toute allure le remettre à sa place dans l'étable. Je l'ai coincé dans la barrière. Bien fermement. Il pourrait le retrouver et poursuivre ses écritures ou ses dessins. J'ai souri, j'étais *soulagée*. Triste à mourir, mais *apaisée*. Les chiens m'ont fait la fête, puis se sont couchés dans la paille, la tête entre leurs pattes, les yeux attentifs, clairvoyants sur leur mission de protection. Je les ai trouvés si précieux.

En rentrant à la maison, Gigi m'a remerciée. Elle m'avait observée faire.

Nos regards, lourds de connivence, exprimaient l'indicible. Tout comme nos silences. Elle savait ce que je venais *seulement* de comprendre. J'aimais déjà maman éperdument, mais elle m'a littéralement éblouie par sa grandeur d'âme, une nouvelle fois. Je cherchais comment lui témoigner la densité des sentiments que je ressentais à son égard. J'étais si fière qu'elle soit ma mère et chanceuse de l'avoir dans ma vie.

Nous sommes retournées nous noyer dans l'ordinaire merveilleux de nos existences. Reprendre là où nous en étions au moment de l'entrée fracassante de Rosario Félix. Coudre mon plaid en patchwork, j'ai enclenché *Blackstar* de Bowie. La mélodie lancinante a résonné, Gigi a grimacé horrifiée.

– Oh non… C'est glauque !

– Il savait qu'il allait mourir…

– Oui, bon… Veux-tu bien mettre autre chose, ma chérie, on a eu notre dose de dinguerie aujourd'hui. Quelque chose de plus gai ?

Ça n'était pas si évident, l'artiste n'était pas si *joyeux* en fait. J'ai zappé jusqu'à *Modern love*. Instantanément, j'ai claqué des doigts, battu la mesure en rythme. J'adorais ce morceau.

Il ne restait plus qu'une dizaine de carrés à assembler pour finir la couverture. Des tonalités de rouge dans une foison de motifs, découpés dans des chutes de vieux tissus, draps, chemises, jupes. Gigi conservait tout, y compris les rubans, les boutons, les textiles, les matériaux. Dans une commode à tiroirs chinée, sa mercerie et ses trésors de couturière étaient méticuleusement amassés.

J'aimais observer maman coudre ou cuisiner. Le front plissé, un bout de langue coincé aux commissures des lèvres, elle s'appliquait, y mettait tout son cœur. Jamais elle ne parlait, alors que tant d'autres appréciaient de cadencer ou de commenter le moindre de leurs faits et gestes. Sa concentration requérait le silence. Ses doigts agiles s'agitaient avec délicatesse, expertise, maniant la machine à coudre, le fil et les étoffes sous les pics millimétrés de l'aiguille.

La lumière du jour était douce, dorée. La musique s'est tue. Une impression de sérénité m'a envahie. Le menton posé dans les mains jointes, j'ai alors songé que même si la vie était cruelle, elle offrait de merveilleux moments qu'il fallait cueillir et savourer simplement. On oubliait si souvent de vivre le présent. Mon caractère contemplatif et les conseils répétés de Gigi à ne pas griller les étapes m'encourageaient en ce sens.

À quoi servait de viser ou d'envisager le lendemain, si on ratait ou bâclait le jour d'avant ?

J'ai songé à Miniranger. *Avais-je pris le temps de profiter de lui, de nos moments à deux, en famille ?* On avait fait de notre mieux, il m'a semblé, car nous savions son espérance de vie courte, ses années comptées à nos côtés. Alors, oui, je n'avais pas oublié de vivre intensément auprès de Désiré. Instillant des paillettes et de la gaieté dans nos jeux, de la folie dans nos histoires, de la tendresse dans nos câlins. Ses yeux noirs me souriaient sous sa chevelure ébouriffée. Sans amertume. J'ai encore son rire hilare à mes oreilles lors des parties de chatouilles que je lui infligeais joyeusement. Forcément, j'avais toujours le dessus vu la différence d'âge et de taille. Quand il hurlait « *pitié, pitié ?!* », je stoppais mes gratouillis pour le laisser respirer. C'était le moment qu'il attendait pour me prendre à revers, l'air de rien, et me supplicier à son tour.

– Et voilà ! a-t-elle conclu en étalant le plaid terminé.

27

La gueule de bois chevillée au corps, André arborait la tête des mauvais jours. La douche glacée n'avait pas suffi, ni la détox au jus de citron tiède mêlé de menthe poivrée. Il errait lentement d'une pièce à l'autre, une bouteille d'eau à la main, en râlant qu'on ne l'y prendrait plus. D'autant qu'il détestait particulièrement le whisky. Il s'était fait piéger par Pablo, incorrigible bringueur devant l'éternel et grand amateur de Single Malt écossais. Le teint gris, les yeux creusés, les lèvres déshydratées, il évoluait sur le fil d'une nausée permanente, effeuillant le désespoir maussade d'une journée perdue. Les jours de gueule de bois étaient des instants abîmés, où les heures écornées se déchiraient lentement, mais irrémédiablement. Des boules de papier froissé balancées à la poubelle. Des moments de faiblesse qu'on cherchait à oublier.

J'ai évité de trop le regarder. Son irritation était palpable. Se donner ainsi en spectacle l'ulcérait. Lui, l'adepte de la maîtrise de soi et des autres. Depuis l'affaire de trop, l'affaire ratée, et le suicide de son collègue et ami, il avait relâché un peu la tension des liens. Mais néanmoins, on ne changeait pas une nature, tout juste en assouplissait-on le cuir.

– Ben quoi ?! J'ai pris une cuite ! a-t-il pesté. Et alors !?

On a sursauté.

– Tu es susceptible, dis donc, s'est moquée Gigi avec indulgence. On s'en fiche que tu aies picolé toute la nuit et on s'en fiche aussi que tu sois mal. Assume tes écarts, frérot ! Le reste n'a pas d'importance, tant que c'est exceptionnel, on ne va pas en faire un plat.

– Hum, c'est malin… Saloperie de cuite ! Ça charrie la merde, a-t-il ruminé, amer. La *vieille* merde *puante* qu'on croyait avoir déversée dans la fosse à purin. Et ensevelie bien profond.

Intriguée, j'ai plissé le front. Les relents d'alcool lui faisaient dire d'étranges choses, cependant j'ai préféré garder le silence. La mettre en veilleuse. Mal à l'aise. Il y avait un truc qui clochait dans son attitude.

La lumière a vacillé.

Dehors, un ciel laiteux grisait tout. Ce vendredi exhalait la tristesse et la langueur. Seul Edison s'activait à réparer le puits, dans le champ. Enfin le système pour hisser le seau, qui était grippé.

André a bu une grande rasade d'eau. Il était assoiffé.

– Tu as l'alcool mélancolique, a rétorqué Gigi. Ça te ramène aussi sec à la fin de la belle époque parisienne. Tu le sais, tu devrais éviter de boire dans ce cas ?!

– Bah… C'est Pablo ! Plus facile à dire qu'à faire… Cette nuit, mes cauchemars étaient farcis de cette dernière année de malheur. J'avais pourtant réussi à mettre de la distance, à oublier… trop sans doute… Je me dégoûte !

Gigi m'a fait signe de m'éloigner. J'ai obtempéré, me faufilant dans le couloir. Néanmoins, je n'ai pu résister à la curiosité de me planquer derrière la porte. Je voulais écouter. Comprendre la mélancolie qui noyait les yeux de mon oncle depuis tant d'années. Je connaissais les faits. Il ne s'en était jamais caché. La vérité était même un gage de bonne éducation selon lui, pour ne pas réitérer les erreurs. Je savais, mais ses semelles étaient plombées de noirceur.

– Arrête de te culpabiliser, disait maman. On fait tous des bêtises.

– J'ai péché par orgueil. Je m'en veux… On n'aurait jamais dû rater cette affaire si nous avions fait correctement notre boulot. On a fait les marioles. On s'est lâché la bride.

– Tu as tiré un trait sur tout ça, tourné la page…

– À ça oui, j'ai effacé ce jeune con de trader. Il est devenu un étranger. J'ai balayé de mon chemin…

– Tant mieux. C'est un mal nécessaire pour pouvoir poursuivre sa vie.

– Sans doute, mais j'ai aussi abandonné sa veuve et sa fille à leur triste sort… Je suis un monstre.

– Que veux-tu dire par là ? s'est-elle inquiétée, alors que je dressais l'oreille, collée aux charnières de la porte. Tu as été présent au moment du drame. Tu as fait ce qu'il fallait faire pour les soutenir, les aider, les accompagner.

Un silence a envahi l'atmosphère.

La respiration suspendue, je me suis figée. Surtout ne pas bouger. Ne faire aucun bruit. Pas même le craquement d'une articulation ni le froissement d'un vêtement.

Surprise, je l'ai aperçu. Mon gros chat orange se dandinait dans le couloir, l'air obséquieux. Lui, si casanier, sortait de sa zone de confort et de l'étage où il aimait à rester. Il a tergiversé à mi-chemin. Sur le point culminant de son hésitation, il s'en est retourné finalement vers la cuisine.

– Le service minimum, je n'ai fait que ça, rien de plus ! Et après, je les ai oubliées. Sciemment. Omettant les appels, les courriers, tout ! J'ai honte, Gisèle, si tu savais… Mais dès que je voyais leurs regards à toutes les deux, la mère et la fille, je ne pouvais pas. Je recevais en pleine gueule toute mon inconséquence, ma fatuité, ma bêtise. C'était au-delà de mes forces…

– Pourquoi ne me l'as-tu jamais dit ?

– J'ai besoin de ton amour, de ta fierté.

– Mais tu les as.

– Je ne voulais pas les perdre.

– Jamais. Nous sommes liés à la vie à la mort, mon frère adoré, celui qui m'a sauvée sur la route départementale et permis notre vie actuelle au Domaine.

J'ai pressé mon œilleton dans le jour de la jointure de la porte. Elle a enlacé André, plus raide qu'un piquet. Il s'est détendu et a incliné son front sur l'épaule de sa sœur. Il posait l'armure, déverrouillait les écoutilles. Je n'ai su discerner s'il a pleuré, mais c'était tout comme, et ce que j'avais envie de voir. Ça m'a émue aux larmes.

J'ai réalisé que Gigi était notre phare à tous, notre bouée, notre roc.

28

Un peu plus tard, André a enfilé son blouson et sa chapka. Il avait besoin de s'occuper l'esprit. De sentir la froidure de l'hiver lui transpercer la peau. Il est sorti dans la cour pour bricoler dans son Combi. Edison a jeté un œil surpris en sa direction avant de retourner à ses réparations. Le puits ne fonctionnait toujours pas. Le mécanisme se bloquait avec le seau à mi-chemin. Tenace, ingénieux, il trouverait, même s'il devait y passer le reste de la journée.

J'ai délaissé la fenêtre d'où je les observais pour partir à la recherche de Gigi. On avait prévu une balade à cheval avec Flip et Flop. Dans ma tenue de cavalière, j'étais fin prête. La bombe enfoncée sur ma blondeur et le sourire aux lèvres.

Empressée, j'ai fait le tour de la maison.

Je l'ai trouvée à l'atelier. Elle était sur les genoux de Pablo. Ils chuchotaient en se caressant les cheveux. Une auréole de tendresse les encapsulait. Souvent je les découvrais ainsi enlacés. La passion s'était transformée après l'accident, elle avait pris une autre résonance. D'un éclat hallucinant. D'une pureté céleste. La magie de leurs sentiments restait un mystère pour moi. Gigi irradiait d'un truc indéfinissable qui nous attirait (tous) dans son giron. Une lumière où nous venions chauffer nos cœurs, décupler le « *sentiment amoureux* », en faire l'alchimie et rejaillir la beauté précieuse.

En permanence en prise avec mes pensées, des questions me taraudaient, cherchant des réponses à mon cheminement d'adolescente. Dylan m'est apparu, comme à chaque fois. Mon Dylan adoré. Il était dans toutes mes réflexions ou visions. En fait, je n'imaginais pas ma vie sans lui. Je l'aimais. Je n'avais aucun doute sur la nature de mes sentiments. Et ce baiser… Hum… J'ai fermé les yeux, me remémorant ce premier baiser fougueux, merveilleux, puis le feu d'artifice qui avait embrasé mon corps des pieds à la tête. Le désir bouillonnant avait tourbillonné. Percutée de plein fouet par ces sensations, qui me dévoilaient femme, défloraient la jeune fille, m'emportant vers un eldorado de sensualité. Je n'avais alors qu'une envie, celle de dégringoler la pente vertigineuse à sa rencontre. Lucide, j'ai compris la folie de l'amour, qu'on pouvait faire des tas de choses insensées *par amour*. Partir au bout du monde, après avoir tout laissé en plan derrière soi, le confort, ses amis, sa famille, sa vie ; se nourrir de sauterelles grillées, de poissons crus, d'étranges racines comestibles, se laver à l'eau glacée de la rivière, dormir à la belle étoile avec le bruissement incessant des insectes qui grouillaient tout autour, ou les prunelles phosphorescentes menaçantes des bêtes sauvages qui rôdaient dans les buissons ; gravir les pentes des montagnes les plus hautes, encordés, parce que ensemble, c'est mieux. Et même tuer.

J'ai rouvert les yeux, calmant le feu des émotions qui n'en finissaient pas de crépiter. Indécise, j'ai tergiversé. La sensation de voyeurisme m'a étreinte. Ce moment était le leur. Ils ne faisaient qu'un sur le fauteuil roulant. Leurs courbes s'unissaient, leurs cheveux se mêlaient.

Pablo a incliné la tête sur le côté. Sa prunelle brillante m'a agrippée. On s'est souri. Il m'a fait signe d'approcher. Gigi a redressé le visage, des mèches ont flotté tout autour, élastiques et souples, elle s'est retournée. Le geste doux. Le fard aux joues. Le regard dense. Leurs corps, comme deux lianes, se sont déliés, mis en mouvement.

Nous sommes partis en nous tenant la main, laissant Pablo à ses travaux artistiques. La cuite de la veille n'était qu'un vague souvenir. Il n'en avait même plus les stigmates. Requinqué par ce tendre câlin, un instant suspendu hors du temps, son inspiration lui chatouillait les paupières.

Chevauchant Flip et Flop, nous avons cheminé par la forêt. Pénétrant l'épaisseur végétale, je m'inclinais sous les feuillages. L'humidité des sous-bois prenait aux tripes, les sabots s'embourbaient sur le sentier, parfois le cheval glissait, d'un coup de reins il se rétablissait. L'une derrière l'autre, Gigi devant sur Flip. Au bout une clairière, des troncs d'arbres coupés à ras perçaient de-ci de-là, dans l'herbe drue, les ronces et les branchages morts. Je me suis hissée à ses côtés en enfonçant mes talons, à plusieurs reprises, dans les flancs de ma monture pour la presser d'accélérer. Épaule contre épaule, nous avons cheminé puis, n'y tenant plus, j'ai brisé le silence.

J'ai voulu qu'elle me (re)dise sa rencontre avec Pablo. Cette première fois m'émerveillait toujours. Éternelle gamine, j'avais le sentiment de revivre ma conception.

– Il n'y a pas eu beaucoup d'hommes dans ma vie, contrairement à ce que certains au village pensent ou affabulent. Il y a eu ton père biologique, un flirt parisien, mais qui s'est empressé de se sauver en découvrant que j'étais fille mère, puis Pablo. Et aujourd'hui, il y a Edison.

Les rênes dans une main, j'ai caressé Flop en tapotant son encolure humide, sous la crinière. Sa chaleur pénétrait mes cuisses, me réchauffait. Au pas, il se dandinait, ça berçait notre balade hivernale. Le sourire lumineux de maman irradiait sous le ciel bas et gris. La fraîcheur mordillait ses joues. De la fumée blanche s'échappait de ses lèvres.

– La rencontre a eu lieu aux *Deux-Magots*, en plein Saint-Germain-des-Prés. J'étais à la terrasse ombragée, assise sur un siège en rotin jaune, à siroter une menthe à l'eau. J'attendais une amie alors qu'André te gardait à la maison. Il avait eu pitié de moi et m'avait contrainte (gentiment) à prendre un peu de temps, égoïstement. Pablo venait souvent dans ce café d'artistes, il m'a vue et a soudoyé ma copine afin qu'elle lui cédât la place. Incroyable ?! Il m'a baratinée pendant qu'elle nous observait de loin. Puis d'un haussement d'épaules elle a rebroussé chemin. Je n'ai rien fait pour la retenir. J'étais littéralement subjuguée. Pablo m'a fait une cour effrénée, si romantique. Je l'ai fait lanterner. Pas par coquetterie, mais plutôt par angoisse qu'il ne me laissât lui aussi. En quelques jours, il avait peint un premier tableau de moi, un portrait sublime, il m'avait mémorisée dans le moindre détail, j'en étais éblouie. C'était la première fois qu'on me faisait un si beau cadeau. De me rêver et de me dessiner. Quand je lui ai parlé de toi, puis qu'il t'a rencontrée, il était fou. Pourtant, j'étais persuadée qu'il prendrait lui aussi ses jambes à son cou, mais pas du tout. Il t'apportait toujours une bricole, un doudou, un jouet, un vêtement. Et il s'est entendu à merveille avec André qui n'était pas encore tout cabossé. Ils sont devenus très amis. C'était si émouvant. Miraculeux.

Nos chevaux ont stoppé leur progression, en lisière du vieux moulin. La roue à aubes ne tournait plus. L'eau s'était tarie dans le lit du ruisseau. Des plantes sauvages poussaient entre les cailloux. Les pales de guingois, au bois rongé, s'étaient figées dans un mouvement avorté. La brume blanchissait la végétation, distillant ses marbrures qui s'effilochaient sous le vent doux.

Dans ce vallon, nous étions en bout de propriété, face à une colline couverte d'arbres. De l'autre côté, il y avait le village et les gens.

J'ai tiré sur les rênes pour faire tourner Flop et nous sommes repartis, toujours au pas. Un rythme propice aux confidences. Un exquis moment de complicité.

– Pablo était déjà le feu, la passion. Il m'a emmenée partout dans Paris sur sa moto. On roulait vite, le moteur pétaradait. Les pneus crissaient à l'arrêt, je butais, m'enfonçais dans son dos à chaque fois. J'aimais ça éperdument. Il m'a traînée dans les musées, le Louvre, Orsay, le Grand Palais. Il me faisait découvrir les artistes, leurs âmes, leurs réalisations, peintures, sculptures. Il m'éduquait, m'éveillait à la beauté, à l'esthétisme. J'étais si inculte. Son visage s'empourprait. Il vibrait, exultait à chaque œuvre d'art, à chaque explication. Et moi, je buvais littéralement ses paroles. Envoûtée, je suis tombée sous le charme dès le premier regard. Régulièrement, il m'observait à la dérobée, me caressait des yeux. La vigueur de son amour me chavirait. J'ai très vite compris qu'il était l'homme de ma vie. Celui auprès duquel je voulais vivre et respirer jusqu'à mon dernier souffle.

À cet instant, le baiser de Dylan m'est revenu en bouche. Intense, brûlant de passion. Ses lèvres pressées contre les miennes, sa langue enfoncée entre mes dents, la ferveur du désir, les papillons dans le ventre, les bluettes dans les pupilles. Il était nécessaire à mon existence. Je n'imaginais pas ma vie sans lui.

Puis, Gigi m'a défiée du regard.

D'un coup de talon dans les flancs, son cheval s'est mis à trotter, le mien a suivi, ravi de gambader, puis au galop. Impossible de la rattraper. L'avance prise au démarrage, conjuguée à la rapidité de Flip, ne se compensait pas. Flop déroulait ses foulées raccourcies, plus petit, plus trapu, il était aussi plus lent. Je m'en fichais. On a ri aux éclats dans le froid qui nous piquetait la peau du visage. Ensuite, on est revenues en bordure de forêt, à couvert des arbres et de leurs branchages. Notre joyeuse cavalcade s'est terminée par un dérapage plus ou moins contrôlé dans la cour de la maison. Nos chevaux se sont ébroués, frappant le sol de leurs sabots. Leurs nasaux soufflaient bruyamment de la fumée blanche. On a sauté à terre, la respiration haletante, la gaieté crépitait dans nos regards.

Edison et André n'étaient plus dehors.

29

Le jour a lentement décliné. Le ciel s'est assombri. La morsure du froid s'est accentuée. Incisive. Glaciale. L'envie de me pelotonner au chaud me taraudait, boire un chocolat brûlant, me coller près du feu de cheminée, emmitouflée sous un plaid en laine. Les chevaux dessellés, pansés, couverts et nourris, je suis allée m'assurer que le carnet noir était toujours coincé dans la barrière. Les chiens nous ont fait la fête et nous sommes rentrées à la maison, notre bombe à la main.

À peine à l'intérieur que mon oncle est ressorti, vêtu de son blouson, d'une chapka épaisse. Il avait enroulé une écharpe autour du cou. Le teint blême, il ne parvenait pas à surmonter les laisses de mer qui revenaient sur la rive du présent, charriant le passé douloureux, ravivant les plaies.

Intriguée, Gigi n'a pu s'empêcher de lui demander ce qu'il faisait. Un tour, il partait faire un tour. Rester dans la maison le rendait fou. Il étouffait, il lui fallait changer d'air. Au volant de son Combi, il voulait avaler du bitume et se perdre dans le coin.

Gigi lui a tendu un bout de papier plié. Surpris, il a hésité à s'en saisir.

– C'est son numéro de téléphone. Appelle-la.

Hébété, il a grogné. Elle se serait exprimée en chinois, ça n'aurait pas eu plus bel effet.

– Il n'est jamais trop tard pour se parler, se dire les choses, s'excuser, s'expliquer. Elle peut comprendre ta réaction, te pardonner ou t'envoyer chier. Tu as besoin de cet échange, d'en avoir le cœur net. Et qui sait ? Peut-être seras-tu surpris ? Sinon, au moins tu l'auras fait. Tu pourras tourner la page ou avancer en poussant les regrets sur le bord de la route.

Mon oncle vacillait. Le doute a noirci son âme.

Il avait l'air d'un baroudeur sibérien avec son bonnet fourré aux larges oreilles pendantes de chaque côté.

Sans un mot, il a pris le papier avant de sortir dans la nuit de janvier.

Nous sommes allées dans la cuisine nous préparer un vrai chocolat chaud. Cassé en morceaux, il fondait lentement et teintait le lait. Une savoureuse odeur exhalait au-dessus de la casserole. J'en salivais d'avance, la gourmandise étant ma deuxième nature. Gigi nous a versé deux grands bols fumants sur un plateau et nous sommes parties au petit salon. Autour du guéridon, sous la lumière tamisée d'un vieux lampadaire rococo, on a écouté le temps s'écouler au rythme régulier de l'horloge. Les genoux repliés sous mes fesses, j'ai bu prudemment.

Des auréoles brunes étoilaient le dessus de mes lèvres. Un pur régal.

Edison est sorti de sa chambre. L'air satisfait. Il avait des trucs dans les mains. Il s'est joint à nous, s'asseyant sur le bord du fauteuil, les coudes en appui sur les cuisses.

– J'ai fait ça pour toi, Romy.

Il m'a tendu un bracelet. Des minuscules pierres bleu-vert à l'éclat métallique enfilées sur un élastique. J'ai souri. Edison fabriquait de jolis bijoux avec des cailloux dont lui seul connaissait les vertus. Gigi les exposait au salon et les vendait à ses clientes.

– C'est de la labradorite. Une pierre qui te protégera. Greta Sanchez n'est plus là pour te faire souffrir, mais ça agira comme un bouclier d'énergie pour écarter les mauvaises âmes.

Je l'ai remercié d'un baiser sur la joue. Son attention à mon égard me touchait. Je n'ai jamais vraiment su si je croyais à la lithothérapie, cette pratique qui prétendait soigner par le biais des cristaux, par vibration ou résonance singulière sur le corps et l'esprit. Mais, je trouvais ça si poétique. J'ai toujours aimé sortir du carcan des choses cartésiennes, des explications pragmatiques. C'était moins ennuyeux, plus palpitant d'imaginer des pouvoirs ésotériques.

– Ça, c'est pour toi Gigi.

Un cœur poli en quartz rose pendait au bout d'une lanière de cuir très fine. Gigi l'a passé autour du cou, le positionnant dans le creux pâle, à la jointure des clavicules. Les émotions s'entremêlaient avec intensité. Un silence qui en disait long sur leurs sentiments. C'était la pierre de l'amour forcément. Elle l'a remercié du bout des lèvres, mimant les mots qu'elle ne voulait pas exprimer à voix haute. Elle était bouleversée. Le pendentif entre son pouce et son index, elle l'a caressé.

Je savais que cette triangulaire amoureuse n'était pas banale, qu'elle faisait même jaser au village, mais le bonheur resplendissait sur leurs minois à tous. Donc ça ne pouvait pas être mal ou mauvais. C'était ainsi qu'ils envisageaient les choses. Sous un point de vue peu ordinaire, mais avec une évidence naturelle.

Gigi m'avait confié un jour qu'Edison finirait par repartir. Il faisait juste escale au Domaine, une pause dans son existence sombre. Il parlait peu, jamais de son passé, de sa famille, de ce qu'il faisait en Argentine ou avant. Un mystère pesait dans ses silences. La mélancolie ronronnait dans sa voix. Ses phrases courtes percutaient. Les yeux inquiets, parfois sur le qui-vive ou pressé de faire les choses. Elle était persuadée que la souffrance coulait dans son âme. Mais, enfermé dans un mutisme constant, il se taisait, ne se livrait pas.

Edison ne demeurait jamais bien longtemps avec nous. Il aimait la solitude. Il s'est réfugié dans le grand salon jouer de la guitare. J'ai reconnu *Redemption Song* de Bob Marley. Acoustique, mélodieux. C'était réussi. Il se débrouillait bien.

On est restées encore un moment ainsi, à l'écouter.

Puis la porte d'entrée a claqué. Un vent froid s'est engouffré à l'intérieur, en même temps que mon oncle.

Le teint couperosé, l'air sombre, les oreilles de sa chapka remontées étaient nouées sur le sommet de son crâne.

J'ai serré les mâchoires autant que les fesses, me rapetissant sur mon fauteuil. Edison s'est arrêté de jouer. L'agitation et la tension se percevaient, comme un nuage de frelons autour d'André. Il s'est collé contre la cheminée pour se réchauffer. Il soufflait dans ses mains gonflées et blanchies. Puis, au bout de secondes qui m'ont paru interminables, il s'est délesté de son blouson, son chapeau et son écharpe. Il nous tournait le dos. Nous étions suspendus à une hypothétique explication. Préférant le silence à un questionnement hasardeux. Même Gigi, qui savait s'y prendre avec son frère, repoussait le moment de parler. Une étrange résonnance s'infiltrait, tissant des fils de soie entre nous, cousant et crochetant une toile d'araignée dans l'atmosphère baignée de lumière jaune. Nous voulions tellement savoir. Préoccupés, nous étions suspendus à son silence. Il a dû le sentir, car il s'est tourné de trois quarts. Les mains dans les poches, il a plongé ses yeux dans ceux de sa sœur.

– Elle m'a insulté. Vertement. Bien comme il faut.

Sa voix métallique semblait engourdie par le froid ou l'émotion vive. Rauque, sourde.

J'ai serré mes genoux contre ma poitrine, fort, en protection face à la rage que je percevais chez mon oncle.

– Elle m'a traité de tous les noms. J'en ai pris plein *ma* gueule de *gros con* ! Puis, elle a raccroché pour me rappeler dans la minute, exhorter sa litanie d'horreurs fielleuses. Et tu sais quoi, Gigi ? J'ai trouvé les termes et les adjectifs bien choisis, percutants. À chaque fois, elle mettait dans le mille. Les poignards, elle les manie à merveille, les soulève et, d'un geste net, sans bavure, les projette en avant. J'ai senti les pointes s'enfoncer dans la chair. Et puis, elle a raccroché encore une fois. J'étais sur le bas-côté, j'avais coupé le moteur pour mieux entendre ses grossièretés. Même après, ça retentissait si puissamment. Un gong en bronze frappé n'en finissait pas de résonner dans mes tympans.

J'ai grimacé, sa peine transpirait dans chacun de ses mots, s'effilochait, se perdait sur le tapis, entre nous. Un soupir a vibré dans sa gorge. Il cherchait à envelopper son ressentiment.

– Tu avais raison, Gigi. C'était salutaire pour elle comme pour moi.

– Tant mieux, a-t-elle fait, mais son léger sourire ne pouvait occulter le chagrin.

Le visage de mon oncle s'est subitement éclairé. C'était étrange, presque diabolique. Je n'ai pas compris. La bouche sèche, j'étais pendue à ses lèvres. L'odeur du chocolat froid flottait encore à mes narines. C'était écœurant à présent. Et cette fichue horloge égrenait ses tic-tac lancinants.

– Elle a fini par rappeler. Une deuxième fois. J'ai reconnu le numéro sur mon portable. J'ai hésité, mais c'était ma pénitence, alors j'ai pris la communication. Je l'ai juste éloigné de mon oreille pour ne pas devenir sourd. Cependant, elle ne parlait pas. Non. Pas un mot. Son silence, *putain*, son silence me crevait les tympans. Et puis, au bout d'un moment qui m'a paru une éternité, elle a voulu discuter. De moi, d'elle, de sa fille, de son mari mort, de l'existence d'avant, de celle d'après. Je me suis excusé. Elle n'a rien dit, mais ne m'a pas envoyé chier. J'ai précisé que j'irais la voir. Elle n'a pas dit non. La conversation s'est finie, c'était irréel, et je suis soulagé. De quoi, difficile à énoncer. Sans doute, de la savoir en vie.

Gigi s'est redressée, vivement. Elle a pris les mains de son frère dans les siennes. Ressentir l'émotion s'infiltrer dans ses doigts, capter l'incisive brûlure. Je crevais d'envie de communier avec eux, mais je n'ai pas bougé. Ce moment leur appartenait. Je me suis détournée par pudeur. De ma cuillère, j'ai touillé le fond de ma tasse. Le chocolat s'agglomérait.

– Je vais aller les voir à Paris, m'assurer qu'elles ne manquent de rien, toutes les deux.

30

J'avais fermé les paupières sur mon vœu. Il n'y avait pas d'étoile filante dans le ciel, mais j'étais seule au petit salon, j'avais terriblement besoin de me recentrer. Parfois, la solitude, ce lent poison, me dévorait de l'intérieur. Souvent en fait. Enfermée dans ma chambre, avec Bowie sur les genoux et scotché aux murs, je m'y réfugiais pour (ré)apprendre à m'aimer, avec toutes mes imperfections, qui me rendaient effroyablement unique.

Je dormais d'un sommeil léger quand j'ai senti un souffle sur mon front. On me touchait la tête. J'ai d'abord pensé qu'une araignée se faufilait dans mes cheveux à la recherche d'un nid tiède et humide où pondre ses œufs. C'était une de mes hantises depuis gamine et, dans mes pires cauchemars, une armée de bébés arachnides fleurissaient à la racine de mon cuir chevelu, grouillaient et se dispersaient sur l'ensemble de mon corps. Je ne parvenais pas à hurler, de peur de les avaler. C'était monstrueux.

Puis, j'ai entendu chuchoter : « *Romy, tu dors ?* » Une araignée ne parlait pas. Ça m'a rassurée. Mon cœur s'est apaisé, je pouvais ouvrir les paupières sans crainte à présent. Mon vœu m'est alors apparu en la personne de Dylan. Droit devant moi, charmant, les mains dans les poches et la tête inclinée sur le côté. Il m'observait depuis un moment.

J'aimais quand la magie opérait. C'était un de mes jeux favoris. Espérer fort quelque chose pour le faire se matérialiser devant soi. Bon, j'avoue… ça ne marchait pas souvent. Mais, si par le plus grand des miracles ça fonctionnait, je me prenais pour Houdini et j'exultais.

Mes lèvres se sont écartées. Un large sourire radieux a dévoilé mes dents étincelantes. Une émotion vive m'a envahie. J'avais envie de l'embrasser, de revenir où nous avions catalysé l'intensité de notre histoire. Ça ne pouvait pas en rester là. J'y songeais en permanence depuis *notre* baiser. Une obsession romantique. Cependant, je ne devais pas le brusquer.

– Je t'attendais.

– Mes parents sont furax !

Dylan s'est assis en face de moi. J'ai perçu qu'il mettait sciemment de la distance entre nous. J'en ai été chagrinée. Mais, peut-être, était-ce seulement pour pouvoir énoncer clairement ses pensées, sans que je sois tentée de l'étouffer par ma présence.

– Ils me font du chantage aux sentiments, c'est honteux ! Alors que je n'arrête pas de faire le larbin dans cette famille. Je m'occupe de mes frères et sœurs en permanence. Je fais tout un tas de basses besognes. Font chier ! Bordel !

– Bordel ! ai-je répété, le front plissé, en guise d'assentiment.

– J'ai fait le mur !

– Vraiment ?

Pablo avait rêvé et peint Gigi à la seule force de son amour et de sa mémoire. Dylan s'était enfui de chez lui pour me rejoindre. Un bouleversement aigu m'a envahie. Le merveilleux m'approchait. J'ai réfréné l'envie de lui sauter au cou, une nouvelle fois. Je devais arrêter de tirebouchonner ainsi mes émotions.

Dans la pénombre, je me suis trituré les mains, histoire de me ressaisir.

La déception le chagrinait. Sa famille n'était pas à son image ni à celle de ce qu'il aurait aimé qu'elle soit. Une croix qu'il portait à bout de bras, comme un fardeau de mille tonnes, depuis des années, avec l'objectif ultime de sa majorité en ligne de mire. *Partir, partir, partir.* Les petits n'y étaient pour rien. Ils lui manqueraient demain, ailleurs. Mais l'atmosphère lui pesait de plus en plus. Organisée autour de l'unique survie quotidienne, des besoins primaires à assouvir, des corvées à enchaîner pour passer laborieusement au jour suivant, de la lutte perpétuelle à pousser la nuit sur la colline des envies à l'instar d'un Sisyphe des quartiers populaires. Enfant, il n'avait pas la conscience de tout ça, forcément, il ne connaissait que cet univers vétuste, morose, gris, pénible, il lui semblait d'une abrupte normalité. Il ne soupçonnait pas ce qui se tramait derrière les murs, au-delà de la grille, au bout du chemin. Heureusement, l'école, le collège puis le lycée lui avaient ouvert de nouvelles perspectives. Le goût de cet ailleurs différent, attirant, coloré, désinvolte, émancipé, lui était apparu. Avec la saveur de l'espérance. De ces autres autours, professeurs, copains, parents, de ceux des livres aussi. Un retour en arrière pour Dylan n'était plus possible.

Ici il était bien. Au Domaine, au sein de ma famille aimante. Un refuge éloigné, niché dans un coin de verdure, mais pétri de libertés et de bienveillance.

– Putain, je vais me faire tuer...

L'appréhension nouait sa gorge. Il serrait les poings de rage. Je n'ai pas su quoi lui répondre. Finalement, la lassitude a gonflé ses soupirs.

– On s'en fout ! Qu'ils aillent au diable ! Bordel de merde !

– Bordel de merde !

L'écho de ma voix l'a fait sourire. Il a secoué le visage d'un air faussement désabusé. J'ai fait les gros yeux derrière mes lunettes. Ça ne me mettait pas à mon avantage, malgré ma chevelure à la Marilyn, mais assouplir les tensions me semblait prioritaire.

On a allumé la télévision. Dylan s'est rencogné dans le canapé à mes côtés. Rien de palpitant. Un jeu se déroulait. On a zappé, sans vraiment écouter, puis stoppé sur des clips vidéo. Vaguement captivés par les images en mouvement, sans chercher à comprendre. Il me racontait sa journée au lycée, la bouffe dégueu et scandaleuse à la cantine (*alors qu'ils prônaient le bio et le local*), les cours (*la démonstration hallucinante du professeur d'économie sur les mécanismes de création de la richesse, l'interro surprise de celui de français vexé du tohu-bohu perpétuel dans sa classe*), les potins (*les histoires de cœur, de cul, les ruptures, les rabibochages, les engueulades, les bastonnades même ; un gars de terminale avait coincé un jeunot de seconde dans les toilettes, il avait tapé du poing dans la porte, si fort, que la victime avait pissé dans son froc pensant sa dernière heure venue*) et le roman-feuilleton de l'enquête sur la mort de Greta Sanchez. Visiblement Mauricette Leblanc n'était pas aussi lisse et honnête qu'elle voulait donner à paraître. J'étais estomaquée. Stupéfiée. Appuyé sur la têtière du sofa et les pieds croisés, il se laissait aller aux confidences. Et, moi, je buvais littéralement ses paroles.

Leblanc en était à son sixième établissement. Toujours en zone rurale. Sa bougeotte questionnait. Aventure ou évasion professionnelle ? La garde à vue et l'intérêt de la police attisaient notre curiosité, décuplaient le mystère de la sympathique professeure, agrémentaient les théories les plus farfelues. Ça ne pouvait pas être autrement, elle cachait quelque chose. Un secret, une tare, un vice, un *je-ne-sais-quoi* d'atroce. De sympathique, elle basculait dans la part d'ombre. Celle que tout être humain décelait, surtout dès que l'horreur affleurait à nos portes. Des tas d'âneries circulaient sur les réseaux sociaux, Facebook et Twitter, relayées sans trop de scrupules par les élèves, leurs parents et même certaines personnes de l'établissement scolaire. Pour le coup, conclut Dylan, il était difficile de conserver son libre arbitre et de se dessiner son idée.

– Mais, franchement, ai-je insisté, t'en penses quoi ?

– Alors de tout ce bazar, je ne sais pas. Ça va trop loin ! Cependant, réaliser que Greta Sanchez a été ligotée, bâillonnée et enfermée dans une cabane de jardin en plein hiver, qu'elle est morte ?! Putain, c'est déjà en soi un truc incroyable et glauque ! Imaginer, à présent, que la mère Leblanc y est pour quelque chose, qu'elle l'aurait *tuée* ? C'est complètement insensé ?!

Il a marqué une pause pour consulter un SMS qu'il venait de recevoir sur son portable. Il l'a effacé.

– En revanche, je n'ai pas succombé à la Leblancmania comme toute la classe. Ses façons mielleuses, très peu pour moi. Et, d'ailleurs, on voit bien qu'elle n'a pas su traiter ton problème de harcèlement comme elle l'aurait dû. Une couille molle ! Pour moi, c'est juste une bonne femme qui envoie du vent !

J'ai opiné du bonnet, en me redressant. Un zeste de vexation flottait en moi, de m'être fait berner par cette dame. Je devais admettre que Dylan m'avait déjà fait part de ses doutes à son égard. Néanmoins, mon fond d'éternelle candeur me portait à lui offrir ma confiance, pleine et entière. Comme l'avait d'ailleurs fait maman. Mais, de là à y voir autre chose, ça me paraissait follement invraisemblable. À présent, j'imaginais Mauricette Leblanc, délestée de ses effets personnels susceptibles de lui permettre un suicide, à la place d'Edison dans la geôle insalubre et lugubre. Le teint livide déformé par l'angoisse, malmené par les interrogatoires répétés et musclés. Les mains agrippées aux barreaux, tordant sa bouche, hurlant son innocence. J'ai alors pris conscience d'avoir échappé à la garde à vue. Étant mineure et, sans doute, protégée par l'amitié de Rosario Félix à l'égard de maman. Ça m'a fichu des frissons.

Un autre SMS a retenti, il y a prêté un œil discret, sans daigner y répondre. Je l'ai questionné, percevant l'agacement enfler en lui.

– Ma mère, elle me gonfle !

– Elle s'inquiète…

– Que dalle ! Enfin, si, de savoir qui va faire la bouffe, les devoirs des petits et le reste… pendant que mon père boit des bières au café du coin avec ses potes de biture. Je suis quasiment sûr qu'il a une liaison avec la bistrotière.

– Non ?! ai-je gloussé, interdite.

– Si, si, je suis allé le chercher l'autre jour au comptoir et j'ai saisi les attitudes, les frôlements, les sous-entendus. Faut dire qu'elle n'a pas froid aux yeux. Ça doit faire partie des prestations qu'elle offre moyennant quelques billets.

– Tu dois être déçu ?

– Non, je m'en fiche. Je pourrais même le comprendre. Maman est tellement négligée qu'il va voir ailleurs. En revanche, je ne veux pas qu'ils me mêlent à leurs problèmes de couple. C'est leur histoire, pas la mienne.

Un nouveau SMS s'est affiché. Il a coupé le portable pour faire cesser ce harcèlement lancinant. J'ai eu envie d'absorber sa peine, alors qu'il s'assombrissait dans l'atmosphère feutrée du petit salon. Avait-il du chagrin ou bien une profonde lassitude ? Il donnait le change à tous, se livrant peu, surtout au lycée. J'étais la seule à toucher du doigt les contours de son âme, ses bleus, ses boursouflures. Dylan a incliné la tête, mes yeux tristes l'ont soudainement harponné.

– Je ne suis pas sûr de pouvoir tenir encore deux ans…

Sa phrase a résonné dans la pièce, se faisant écho de ma frousse. Devais-je redouter quelque chose ? De le perdre ? Intuitivement, j'ai senti la menace planer sur notre jeunesse. La bouche sèche, j'ai demandé des précisions.

– Je rêve de m'enfuir.

J'avais vu juste. Je n'ai su quoi répondre, tant j'étais terrifiée à l'idée de le perdre. Il m'était essentiel. Un second souffle, un second cœur. Mon âme sœur. Mes certitudes givrées, subitement, se sont craquelées sous le feu des tisons. Liquides, elles s'écoulaient dans le flot des eaux usées, le caniveau, vers les profondeurs des cavités souterraines.

Avec force, j'ai retiré mes yeux de lui pour les planter sur l'écran de télévision, silencieux, mais aux images brutales. Moi qui avais d'ordinaire réponse à tout, je me suis retrouvée démunie. Perdue. Malmenée. Ballottée. Je n'avais jamais imaginé qu'il puisse m'abandonner. Je l'aimais tout court et j'ai toujours pensé que notre amitié survivrait à tout. Pauvre idiote. Mes imperfections me sont revenues en pleine poire ! Ça n'était pas le blond platine de mes cheveux qui allait les camoufler.

– *Hey*, luciole ? Pas de panique ! Si je pars, c'est avec toi !

Sa voix s'est fait velours. Il a dû percevoir mon désarroi, car je ne parvenais pas à l'occulter. J'ai essayé pourtant de le fourrer dans mon cœur d'artichaut, mais impossible, ça débordait de partout.

– Dylan, je ne veux pas m'en aller.

– Hum… Je sais, a-t-il soupiré. T'inquiète. J'ai encore des ressources pour affronter ma mère. Je vais attendre que le plus grand ait la capacité de prendre le relais.

Il a éteint la télévision, en effleurant ma main. J'aurais espéré un geste plus tendre, un baiser, mais Gigi a crié depuis la cuisine que le dîner était servi.

31

Des chandeliers éclairaient la cuisine, posés sur la table en bois, le vaisselier, la commode. Les coulures de cire s'agglutinaient à l'embase des bougies, les lueurs des flammes vacillaient, dandinaient leurs ombres sur les murs. Une pénombre festive nous a accueillis. J'ai réfléchi à l'événement que nous allions célébrer. Pas vraiment d'idées. J'ai craint ensuite que l'alcool ne chagrine à nouveau mon oncle. Il avait eu sa dose.

Vêtue d'une longue robe en satin, vert olive, cintrée à la taille, Gigi virevoltait aux fourneaux. Le décolleté généreux, cambrée sur des talons aiguilles vertigineux, deux anglaises s'échappaient de ses cheveux relevés en chignon, de chaque côté d'un visage maquillé. Sa beauté de starlette pulpeuse étincelait. Sa gaieté pétillait. Dylan en a avalé sa langue. Agacée, je lui ai fichu un coup de coude dans les côtes. Déjà qu'il voulait s'enfuir, si en plus, il s'extasiait devant ma mère, ça allait forcément mal finir.

J'ai capté un délicat fumet en m'approchant du four. Des lasagnes aux légumes bien gratinées.

– De quoi ou de qui se réjouit-on ce soir ? a raillé Pablo de sa voix de stentor. La mort de David Bowie ? Ou celle de Greta Sanchez ?

Un murmure scandalisé a bourdonné. Il s'est avancé sur son fauteuil, satisfait de son intervention cynique, flirtant avec l'humour noir. Tout le monde a pris place autour de la table. Il furetait dans le placard à alcool à la recherche d'une bouteille de whisky. Gigi est venue s'interposer. Elle avait fait un tri minutieux pour mettre hors de portée (*en hauteur, un coup bas pour Pablo*) tous les tord-boyaux, eaux-de-vie et autres. Surtout ne pas réitérer les excès de la veille. Elle voulait passer une joyeuse soirée, sans forcément se pochetronner.

– Je sens qu'on va bien s'amuser, a-t-il bougonné.

– Bah, arrête de râler. Dis-moi. Sais-tu quel jour on est ?

Il a secoué la tête de gauche à droite, alors que sa soif lui asséchait le gosier. Edison lui a servi un verre de vin. Une bouteille de rosé avait été épargnée pour accompagner le plat végétarien.

– Nous sommes le 15 janvier, mon chéri. C'est plus précis dans ton esprit ?

Il a bu d'une traite puis, goguenard, a souri.

– Bien sûr, ma Gigi. Sous mes dehors de vieux schnock se cache un cœur tendrement romantique.

– Alors ?

– Quinze ans d'amour fou ! Voilà un cristal précieux pour célébrer la pureté de notre union.

Comme par magie, il a sorti un écrin qu'il avait pris soin de coincer discrètement dans son siège. Gigi irradiait d'un bonheur non contenu. Il n'avait pas oublié et, en plus, il lui avait fait un cadeau. Merveilleux. Une broche en citrine d'un jaune mordoré, en forme de pétale de rose. Frappant dans ses mains, elle a gloussé de joie avant de lui tendre à son tour un paquet long et fin, dissimulé sous sa serviette de table. Un coupe-papier délicat en cristal cisaillé.

Ils étaient prévisibles dans leurs attentions, mais je ne m'en lassais pas. Au contraire, j'en redemandais. Aucun des deux n'aurait raté pour rien au monde un anniversaire, quel qu'il soit, de naissance ou de mariage. Tout était un prétexte à démontrer la puissance de leurs sentiments. Comme disait invariablement mon père : « *Il faudrait être fou pour ne plus être fou d'amour, même fauché en plein vol, les jambes cisaillées, tant que le cœur n'était pas pulvérisé, il pouvait battre d'amour fou.* » J'ai rêvé d'être aimé ainsi. Du coin de l'œil, j'ai lorgné Dylan pour voir où étaient ses pensées. Hum… Elles étaient sur moi ! J'ai tressailli, rouge pivoine.

– Je compatis, a fait mon oncle en tapotant l'épaule d'Edison, impassible. Et, en plus, il est armé à présent…

Même si, lui aussi, était habitué à leurs effusions passionnées, elles lui rappelaient sans cesse la place qui resterait la sienne et celle qu'il n'aurait jamais dans le cœur de Gigi. C'était dans ces situations étranges que les grains de sable ressurgissaient. Ça grippait l'engrenage, perturbait les valves, ralentissait l'écoulement, érodait la pureté des émotions. Edison a souri, malgré le subtil éclat de jalousie qui voilait sa peine.

Gigi était heureuse, entourée de son monde, mais bien lucide sur la fragilité de leur triangulaire amoureuse. Elle espérait que le rêve durerait encore un peu. Chaque journée savourée était une chance, un ravissement inouï. Alors, elle s'est empressée de servir le dîner, pendant qu'Edison remplissait les verres.

La soirée a été merveilleuse. Les lueurs des bougies ont teinté à l'or fin nos carnations. Les grains de sable se sont fait la malle pour laisser la place à une belle plage de paradis. On était juste bien.

Et puis, nous sommes montés avec Dylan à l'étage. Bowie avait définitivement déserté ma chambre pour élire domicile dans celle de mon petit frère, plus spécifiquement sur le bout du lit. La porte s'ouvrait sur les fentes translucides de mon chat. Au-dessus de son mépris trônait la tenue de Miniranger, sur un cintre pendu au rebord de l'armoire. Finalement, ça m'a plu de l'imaginer en gardien de sanctuaire. Ses chiens étaient en bas dans l'étable et mon gros matou en haut, Désiré qui chérissait tant les animaux devait apprécier.

– Je vais rentrer, a alors dit Dylan.

En l'entendant, j'ai senti mon cœur tomber dans mon ventre. Non, non, et non. Pas maintenant alors qu'on était nous deux. J'étais d'ailleurs en train de chercher les bons mots pour réamorcer la discussion sur ce qui m'obsédait depuis notre baiser.

– C'est préférable, ma mère va péter un câble. J'ai dormi ici plusieurs nuits d'affilée après le bahut. C'est trop pour elle, ça va être le bordel ! Je reviendrai demain.

J'ai couiné d'amères déceptions en me renfrognant. J'ai alors entrepris de brasser du vent pour exprimer ma colère sourde, déplacer des objets, tout autour, n'importe lesquels, les repositionner quasiment au même endroit, le tout avec bruit et fureur. Nous n'avions que seize ans, les choses ne pouvaient pas être simples et évidentes. Je devais me raisonner, j'étais engoncée dans mon adolescence. Et ma blondeur n'y changeait rien.

– Ne fais pas la gueule, Romy.

– Je fais la trogne, si je veux. C'est chiant ! *T'es* chiant !

J'ai subodoré qu'il mettait de la distance entre nous. À nouveau. Exprès. Il regrettait notre baiser. Forcément, c'était le motif de sa fuite. Il déplorait cette proximité qui avait fusionné nos bouches et nos langues le temps de l'éternité. Ce moment de faiblesse qui l'avait saisi. J'avais dû l'attendrir, entrouvrir la porte de son indéfectible amitié, alors par compassion, il s'était laissé aller. Quoi de plus normal pour son meilleur pote en jupon. Surtout qu'elle traversait (la pauvre) une période difficile, avec la mort de Désiré, puis la méchanceté de Greta Sanchez. C'était donc ça, il s'était apitoyé sur mon sort et avait payé de sa personne pour soulager mes maux. *L'enfoiré !* Une envie de l'insulter de tous les noms d'oiseaux possibles et imaginables a fleuri en moi. Je bouillonnais, écarlate.

J'ai ôté mes lorgnons pour me noyer dans le flou, l'extirper de ma vue. Le rendre plus invisible qu'un cloporte. Je me suis enfermée aux toilettes. J'ai lâché les vannes. Mon urine et mes larmes. Il tambourinait à la porte en m'implorant d'ouvrir. Qu'il aille se faire foutre, ce salopard, lui et sa pitié ! Le cul à l'air, coincé sur la lunette des W-C, je me suis sentie minable, moche, grotesque. Les horribles grossièretés balancées par *ma* harceleuse me revenaient par bourrasques. « *Allez grosse vache ! Bouge ton cul de mammouth ! Ben, non tu n'peux pas, hein ? Tu pèses le poids d'une baleine morte ! Tu m'dégoûtes ! Beurk ! Ouais j'ai une envie de vomir grave face à tes énormes bourrelets et ta sueur qui s'écoule par seaux ! Tu f'rais bien d'arrêter de bouffer et de t'empiffrer ! En fait, tu f'rais mieux de te pendre directement ! Si la corde ne lâche pas, tu n'peux pas t'louper ! Ça nous dégagera la vue et rafraîchira l'atmosphère. Tu pues trop grosse vache ! T'es si vilaine !* » Les premières fois, je l'avais rembarrée. On ne m'avait jamais dit des horreurs pareilles. Je m'aimais comme j'étais. En réalité, je ne me posais pas tant de questions existentielles. Mais à force de matraquage régulier, le doute avait fini par s'immiscer en moi. Insidieux. Mon reflet dans le miroir me paraissait élargi, plus replet, moins lisse. Je me trouvais *plus* ceci, *moins* cela… Mon âme s'était gangrénée de sa violence, ma confiance s'était évaporée.

– Allez, Romy, ouvre ! Arrête un peu ton cinoche ! T'exagères toujours tout !

– Tu dois partir, ai-je reniflé bruyamment, alors dégage !

Soudain, ses coups répétés sur la porte des toilettes ont cessé. Le silence a plombé ma rage. Un vent de fraîcheur givrée a caressé la peau humide de mes fesses. L'inquiétude aussitôt a fusé. Il m'avait saisie au mot, il s'était barré. *Oh, nom de Dieu...* Je me suis redressée, essuyée et rhabillée à la hâte. J'ai passé mes mains sous l'eau, aspergé mon visage pour ôter les traces salées de mes pleurs. Puis, prenant une large inspiration, j'ai actionné la poignée au même moment où les premières notes de *Ashes to Ashes* de David Bowie tournaient sur ma platine vinyle. J'ai hésité, mais la mélodie m'attirait. Appuyé contre le mur, près de la fenêtre, il me toisait, amusé.

– T'es pénible avec tes caprices de diva !

Il m'avait pour ainsi dire cloué le bec. J'ai juste haussé les épaules de dédain. Il fumait un joint. Une brume blanchâtre embuait son teint. Il était beau. J'ai frissonné, il s'est avancé. La démarche souple, féline. J'ai frémi encore. C'était étrange, électrique. « *I'm happy, hope you're happy too* », susurrait Bowie.

– Je vais y aller, mais je me disais que je ne pouvais pas partir comme ça...

– Comme quoi ?

J'ai bafouillé, écarlate, alors que son visage s'approchait dangereusement du mien. Il m'a embrassée avec autant de volupté que la dernière fois. Ou bien plus encore. Mes souvenirs me jouaient des tours. S'il faisait semblant, juste pour me remonter le moral, je devais m'avouer qu'il était doué pour le Cours Florent ou l'Actors Studio. Ses mains m'enveloppaient, me caressaient avec délicatesse et envie, le cou, le dos, les bras, les hanches.

Puis, il s'est détaché, lentement, à regret. D'un sourire doux, il est parti. Depuis ma fenêtre, je l'ai observé. Sa Vespa filait sous la lune qui éclairait l'obscurité de ce début de soirée.

32

Ce samedi s'annonçait très spécial. La lumière laiteuse baignait « Le Domaine » de cette atmosphère hivernale irréelle. Un ciel pâle, dépourvu de nuages et de vols d'oiseaux, flottait sur nos têtes. Pas un pet de vent pour agiter les cimes des arbres. La forêt silencieuse était figée. Notre ferme aussi. Les animaux ne faisaient pas de bruit. J'ai aperçu les chiens assis sur leur derrière, à l'entrée de l'étable. Les poules picoraient dans la bassecour. Les chevaux et l'âne prenaient leurs aises dans le pré. Edison nettoyait les semelles de ses baskets de course. André fumait un cigarillo, accoudé à la barrière. Il faisait moins froid. Les températures adoucies repoussaient l'épisode neigeux de début de semaine. Le temps paraissait suspendu, comme l'orage qui couvait avant la tempête.

Ma nuit avait été délicieuse, envahie de rêves guimauves où je n'en finissais pas de rouler des pelles à Dylan. Je me suis frotté les yeux. Hum… J'ai bâillé. Ma langue était douloureuse. Comment était-ce possible ?

Heureusement que personne ne m'avait surprise dans mon sommeil, je devais être ridicule, la bouche gonflée à mimer en boucle un baiser de toute la puissance de mon appendice. La honte ! Et, en même temps, j'ai gloussé de rire, brisant le silence. Je me suis demandé si Dylan avait rêvé de moi.

La buée opacifiait la vitre de ma fenêtre. J'ai éloigné ma respiration, passé ma manche pour éclaircir la vue. Une voiture remontait l'allée. Ça n'était pas le policier. Les yeux plissés, j'ai scruté le conducteur. Sous le béret, j'ai reconnu le proviseur du lycée. Que venait-il faire chez nous ? Sa présence n'augurait rien de bon. Ça me contrariait même. Assombrie, j'ai propulsé mon souffle tiède sur le carreau pour me dissimuler. Mais il m'a fait un petit signe de la main, en sortant du véhicule pour rejoindre l'entrée de la maison. Puis, Gigi m'a appelée. Un cri bref, puissant. J'ai hésité à me faire passer pour morte ou terrassée par un sommeil de plomb. C'était vain, j'ai renoncé. J'ai enfilé ma vieille robe de chambre, une combinaison intégrale en polaire avec une capuche, une queue de chat et des pompons pour la fermeture éclair. L'idée de l'attendrir m'a traversé l'esprit. D'en rajouter même. J'aurais pu me marquer les poignets. De fines traces simulant des estafilades d'un suicide avorté ou de scarifications réussies. L'émouvoir et tordre sa culpabilité. Gigi a appelé une nouvelle fois. J'ai remis mes pensées dans la boîte. Un coup d'œil dans le miroir de pied m'a extirpé un sourire. J'avais l'air ridicule.

Ils étaient dans la cuisine. Le béret dans la main, il s'était découvert respectueusement.

– M. Martin est venu te parler, a expliqué Gigi.

J'ai vu à son sourcil pincé qu'elle n'appréciait pas trop mon accoutrement matinal. Je me suis approchée en tenant ma queue de chat d'une main et en étouffant un bâillement de l'autre. Le proviseur a pris sur lui pour réfréner son étonnement. Impassible et maître de la situation.

– Bonjour monsieur, ai-je dit.

– Bonjour Romy.

Maman s'est écartée pour me faire toute la place. Il a tourné son couvre-chef entre ses doigts, cherchant la meilleure entame de discussion. Qui mettait encore des bérets de nos jours ? Ça lui conférait un air ringard à souhait. D'aussi près, il empestait l'eau de Cologne. Cette odeur, reconnaissable entre toutes, qui le suivait partout dans les couloirs du lycée. On s'était amusés avec Dylan à renifler tous les testeurs à la parapharmacie pour retrouver la bonne fragrance. C'était vétiver. Un truc de fossiles ! Sa grand-mère d'ailleurs s'en aspergeait pour camoufler les relents olfactifs de ses vieux jours.

– C'est vraiment regrettable que tu ne sois pas allée en cours cette semaine. Même si je comprends aisément que ces temps-ci les choses sont difficiles pour toi. Nous avons tous été bouleversés par la mort de ton petit frère. C'est un drame terrible.

J'ai sursauté. L'envie irrépressible de déguerpir m'a attrapée à la gorge. Je ne supportais pas qu'un étranger puisse évoquer Désiré ou notre souffrance. Il n'en savait rien. Son silence était préférable. Gigi l'a senti, elle a froncé les yeux m'intimant l'ordre de rester.

– Et ensuite, cette horrible affaire de harcèlement dont tu as été victime. Mauricette Leblanc n'a pas pris la mesure du sujet. Je le regrette affreusement. Si elle m'avait rapporté les faits, sans les minimiser, j'aurais pu faire cesser la situation à ton égard et éviter que ce nouveau drame ne se produise. Du coup, les entames d'enquête à notre niveau n'ont rien donné. Je tenais à te présenter, à toi et à ta famille, mes excuses, ainsi que celles de l'administration. Tu dois être convaincue que le harcèlement scolaire n'est pas une chose que nous prenons à la légère. C'est un délit. Alors…

D'une main, il a frotté son crâne chauve, puis a poursuivi, la bouche pâteuse. Il lui en coûtait d'être là. Sans doute était-ce sa direction qui l'avait diligenté pour faire profil bas et rassurer sur le sérieux de l'État.

– J'ai prévu des interventions en cours de citoyenneté pour parler de ce fléau actuel. J'ai déjà commencé hier dans plusieurs classes. Je voulais te proposer de revenir en classe. Bien évidemment, Greta Sanchez n'est plus là pour te terroriser. Quelle tragédie aussi que la mort de cette adolescente ! Tout ça est d'une grande tristesse. Crois-moi, personne d'autre n'aura à subir ces pratiques cruelles. J'y veillerai.

Murée dans mon mutisme et ma combinaison de chat, j'ai agité mes cils immenses en guise de compréhension. Il m'a considérée avec bienveillance. Sans doute, devait-il me trouver un peu barrée et ça m'allait plutôt bien ainsi.

– Je ne vais pas vous importuner plus longtemps. Prends soin de réfléchir à ce que je viens de te dire. Tu es la bienvenue en cours, Romy. Tes camarades et tes professeurs t'attendent et seront heureux de te retrouver.

Il nous a saluées d'un sourire, puis chapeauté de son béret, il est reparti d'où il était arrivé. J'ai attrapé une brioche que j'ai grignotée à la fenêtre. Sa voiture s'éloignait sur l'allée du Domaine.

– Que vas-tu faire lundi ? s'est enquise Gigi en étalant un atlas sur la table.

– Retourner au bahut.

L'évidence était criante, le besoin retentissant. Le lycée me manquait, les cours (certaines matières plus que d'autres, l'anglais, l'espagnol, le français, l'histoire, la philo), la découverte du monde au travers du prisme de mes professeurs (là aussi, certains plus que d'autres, ma préférence convergeait vers le prof d'anglais qui démarrait systématiquement par un morceau de musique de YouTube ou d'ailleurs), l'apprentissage (j'ai toujours aimé emmagasiner des connaissances, me cultiver, collectionner les cahiers de mille couleurs, étiqueter les couvertures, apposer des autocollants, illustrer en recherchant sur Internet des visuels), mes copains et Dylan. Être à ses côtés toute la journée, papoter entre deux séances, à la récréation ou à la cantine.

– Il se passe un truc avec Dylan ?

Instantanément, j'ai froncé le nez, emberlificotée dans mes émotions contraires. Mes boucles blondes s'échappaient de ma capuche tête de chat. Dotée d'un sixième sens, Gigi m'examinait attentivement.

– On s'est embrassés deux fois.

– Il n'est pas si homo que ça finalement, a-t-elle conclu, d'un air réjoui. En tous les cas, si vous allez plus loin…

– Maman !

– Si vous allez plus loin, a-t-elle insisté, tu as ce qu'il faut dans la table de nuit. Pas de bêtise.

– Je sais, tu me l'as déjà dit des milliers de fois.

– Peut-être pas autant, mais là ça pointe le bout de son nez. Si tu me passes cette métaphore.

J'ai ricané d'embarras. En bonne adolescente, le malaise me gagnait dès qu'on parlait sexe. Détournant mon attention sur mon appétit matinal, j'ai enfourné la fin de ma brioche puis bu un grand verre de jus de fruits. Gigi feuilletait l'atlas. L'air concentré, ses yeux fouillaient chaque page. Intriguée, je me suis approchée, dans son dos. Le Japon s'affichait. Aussitôt, le mont Fuji et sa collerette neigeuse me sont apparus, suivis d'un défilé d'images typiques (et ancestrales, mes préférées), la cérémonie du thé, les geishas ceinturées dans leurs kimonos en soie, les cerisiers en fleurs, les pagodes, les temples, les jardins japonais, les macaques des sources chaudes de Jigokudani. Un rapide film promotionnel m'a transportée l'espace d'un court instant vers cette lointaine contrée. Même Dylan, fervent lecteur de mangas, adorait. Il penchait plutôt pour le Japon moderne et futuriste.

– Que fais-tu ?

– Je recherche notre prochaine destination de voyage. Le pays du soleil levant me plaît bien. Ton avis ?

– Je kiffe à mort ! Mais…

– Mais quoi ?!

– Tu ne peux pas prendre l'avion. Ça va être compliqué pour s'y rendre ?

D'un soupir, elle a balayé ma remarque. Un détail qui n'en était pas un.

– Je me gaverai de somnifères.

– Et tu seras décalquée sur place.

– Bah, ne piétine pas mes rêves, ma chérie.

Elle a refermé d'un seul coup le livre épais et encombrant. Les miettes de ma brioche ont fait un saut de puce sur la table. Elle allait plutôt rappeler ses clientes pour repositionner les rendez-vous à son salon dès mardi, dans la mesure où je reprenais le chemin de l'école. C'était plus sage et réaliste.

– L'hypnose ? ai-je proposé. Je suis sûre que ça pourrait annihiler ta phobie des airs. J'ai lu des trucs hallucinants sur cette pratique. Ça permet parfois de se libérer de l'emprise d'une peur ou d'un souvenir traumatique. Allez, allez ! Je rêve de séjourner aux pays des sumos ! Dylan pourrait venir avec nous ?

Hystérique, j'ai imploré maman d'une moue qui n'était pas capricieuse, mais bourrée d'envie de voyager et de découvrir le monde. Partir au-delà du Domaine, du village et de l'Hexagone. « *OK, OK !* a-t-elle fait, le téléphone coincé entre l'oreille et l'épaule. *Ça se tente !* »

– Madame Duval, je peux vous positionner pour une coupe et un brushing à neuf heures mardi. Ça vous conviendrait ? Encore désolée d'avoir annulé votre rendez-vous cette semaine. Ah ? Vous avez appris pour Greta Sanchez ?! Oui, Romy va très bien. Je vous laisse.

Puis se tournant vers moi, elle a maudit la terre entière.

– Je sens que je vais avoir une extinction de voix dans les prochains jours. Ils vont m'assaillir de questions et ça va me gonfler.

33

Rosario Félix est arrivé sur le coup de quatre heures de l'après-midi. Au volant de sa voiture. Il s'est garé, comme d'habitude, le long de la barrière délimitant le pré. Edison poussait les chevaux et l'âne devant lui pour les faire rentrer, l'un après l'autre, à l'étable. Les chiens mordillaient les sabots, à la limite de se prendre un coup. Une fâcheuse manie qu'ils avaient depuis petits, transmis par la mère et qu'ils refileraient à leur progéniture s'ils en avaient une.

André avait accompagné Pablo. Ce dernier souhaitait se recueillir sur la tombe de mon frère. Le Combi Volkswagen, équipé d'une plateforme électrique, permettait de monter le fauteuil roulant, puis un système d'accrochage à l'intérieur aidait à l'arrimage de l'ensemble, près du siège arrière où Pablo se hissait à la puissance de ses bras et s'asseyait. Ils ont roulé en silence jusqu'au village. Puis, il a effectué la manœuvre inverse. L'allée d'une trentaine de mètres s'apparentait à un chemin de croix. André a poussé le fauteuil, malgré le moteur qui favorisait la progression sur les cailloux. Pour Gigi, c'était au-dessus de ses forces. Se rendre au cimetière s'avérait un supplice. Désiré remplissait son cœur, son ventre, ses veines, ses muscles, sa chair, son souffle. Il se logeait dans son âme, investissait son corps. Il jouait dans l'étable avec les chiens, sur la paille. Son rire résonnait. Elle se refusait à l'imaginer sous la dalle funéraire. Enfermé. Rigide et froid. Le minuscule cercueil étroit lui ramenait la nausée. Ses visions à elle le gardaient vivant. En revanche, Pablo avait besoin de s'y rendre régulièrement, communier en apposant la paume de sa main sur la plaque métallique où était ciselé son nom. Ses larmes s'écoulaient dans sa gorge à présent. Ses yeux restaient secs et vides, creusés à la cuillère. À chaque fois, un poignard lui transperçait la poitrine. Son cœur défaillant allait céder un jour et il souhaitait ardemment que ce fût près de son tout-petit. Il s'en voulait tellement de n'avoir pu le protéger. La tristesse envahissait systématiquement Gigi dans ces moments-là. Un désespoir torrentiel qui lui plombait sa joie de vivre. Elle ne pouvait s'empêcher de penser à lui intensément. Alors, elle nettoyait, récurait, lessivait le salon de coiffure ou la maison. Essorer son âme. Épuiser son corps à astiquer, frotter, décrasser, dégraisser. Tout y passait, même ce qui était déjà plus ou moins propre ou qui ne le nécessitait pas plus que ça.

Et, moi, je me languissais de Dylan. Il obsédait mes pensées, littéralement. J'avais investi le cabinet de curiosités, qui jouxtait le petit salon et le reliait à la chambre d'amis. Il s'agissait d'une bibliothèque, entreposant des ouvrages et des choses aussi rares qu'étranges, amassés au fil du temps et des rencontres. Des pierres, des fossiles, des objets chinés, des vieilleries brocantées, des collections de boîtes et bibelots. Pablo aimait venir y puiser l'inspiration entre les pages des beaux livres illustrés ou en caressant les singularités des items exposés. Installée dans une chauffeuse douillette, trois papillons punaisés sur un tableau m'hypnotisaient. Je savais qu'ils n'avaient pas été crucifiés vivants, mais je souffrais en silence de les voir ainsi encadrés pour la postérité. Un furet empaillé montrait les crocs, l'œil luisant, la démarche agressive. J'ai répondu à son cri en dévoilant mes dents blanches. L'atmosphère était troublante, angoissante. Je m'amusais à y enfermer Désiré, à la nuit tombée. Derrière la porte, je réalisais des bruitages pour lui faire peur. Il flippait et pleurait en m'implorant de le délivrer. Mais en fait, il adorait et me suppliait ensuite de recommencer. Gigi en était exaspérée et Pablo venait parfois rugir avec moi pour l'effrayer.

Ils sont entrés dans le petit salon. Rosario Félix s'est encore excusé de cette intrusion pour les besoins de l'enquête. Mais il lui a assuré que le dénouement était proche et écartait tout soupçon du Domaine. Gigi a soupiré d'aise, regrettant cependant de ne pas avoir Pablo ou André près d'elle pour entendre ses conclusions. Une dent de dinosaure entre les doigts, j'ai concentré mon attention à les écouter. Avec le plaisir coupable de l'indiscrétion chapardée à l'insu de tous. Ma respiration ralentie, j'ai fait main basse sur les battements de mon cœur. Dans une maîtrise extrême, je me suis évertuée à les rendre silencieux. Subitement, j'étais tout ouïe.

Mauricette Leblanc a tué Greta Sanchez.

Cette phrase a résonné à mes oreilles comme un couperet acéré. La gentille, l'innocente Mme Leblanc. Ben, merde alors... J'ai failli lâcher la dent sur le sol, au risque de me faire surprendre. Pantoise, je l'ai serrée fort contre ma poitrine.

Leblanc était allée la retrouver chez elle, sous un prétexte bidon. Elle savait que les parents Sanchez étaient partis en week-end en Suisse, qu'ils ne devaient pas rentrer. Elles avaient bu un thé. Alors, elle l'avait droguée (un somnifère puissant dans le breuvage), puis ligotée, bâillonnée et oubliée dans la cabane au bout du jardin. Ça ressemblait à une expédition punitive, *une vendetta*. Elle avait avoué et reconnu les faits. Néanmoins, elle restait confuse sur ses intentions. Avait-elle seulement voulu la châtier en lui faisant croire qu'elle allait l'abandonner à son triste sort ? Lui assener une sévère correction. L'arroseur arrosé ? Ou bien avait-elle cherché *délibérément à* la tuer en la torturant à petit feu ? Venger l'injustice au lieu de la saisir ? Rien n'était clair dans ses explications. Elle s'emportait, devenait vindicative, puis subitement apathique. Des phases d'intense lucidité succédaient à des flottements où l'incohérence la chahutait au flou intégral. La répétition de certains éléments permettait d'ancrer la réalité des faits et leur déroulement au moment du drame. Néanmoins, Mauricette Leblanc avait fait des aveux. L'essentiel était là, conjugué à des traces d'ADN sur les habits de Greta Sanchez corroborant sa présence sur les lieux.

Rosario avait eu ses premiers doutes lorsqu'il avait épluché les vies de toutes les personnes interrogées. En fouinant dans son passé, sa mobilité d'enseignante ces dernières années était troublante. Elle en était à son sixième établissement en zone rurale. À chaque fois elle restait deux ou trois ans (maximum) puis s'en allait vers un autre. Aucune logique de progression, de prestige ou de lieux attractifs. En soi, c'était déjà surprenant. Les proviseurs contactés par téléphone étaient unanimes sur son professionnalisme, son engagement et son relationnel apprécié de tous, collègues, élèves, parents. Une perle qu'ils avaient vue partir avec regret. Cependant, en creusant au détour de questions sur d'éventuelles problématiques de harcèlement ou violence scolaires, il s'était avéré que des cas plus ou moins sérieux s'étaient produits dans ses classes et (bizarrement) systématiquement les coupables présumés des faits avaient subi des représailles. Rien d'aussi grave que dans le cas de Greta Sanchez, mais suffisamment pour être signalés. Des courriers anonymes lourds de menaces, des rats ou des pigeons morts déposés dans des boîtes aux lettres ou sur le lit, lors d'intrusions dans les chambres… Mauricette Leblanc se rêvait en justicière masquée pour défendre les opprimés. Cette fois-ci, le drame avait eu lieu. Avait-elle poussé son rôle à son paroxysme ? ou bien s'était-elle laissé dépasser par son scénario macabre ? Impossible à dire à ce stade. Ses propos restaient embrouillés sur certains détails. Sous la pression des tirs nourris des questions en garde à vue, elle avait reconnu les châtiments, ou les mesures de rétorsion, infligés dans ses précédentes missions. Ils n'avaient eu que ce qu'ils méritaient. Pourquoi ne s'était-elle pas tournée vers sa direction lorsqu'elle avait eu vent ou avait été saisie de brimades ou agressions de la part des jeunes victimes ou de leurs parents ? Elle avait incliné la tête, la mâchoire tendue et l'œil plus froid que le givre, un air démoniaque l'avait possédée. Parce qu'on n'est jamais mieux servi que par soi-même. Ces injustices la rendaient dingue. La lenteur administrative la rebutait. D'ailleurs, si elle avait été la mère d'un des souffre-douleur, elle aurait réglé elle-même le problème. Son profil psychologique laissait supposer qu'elle avait (sans doute) elle-même été victime de harcèlement dans son enfance. Des pointes de vengeance perçaient de-ci de-là. Il leur faudrait pousser l'investigation en ce sens pour creuser ses motivations.

– Vous l'avez arrêtée pour de bon alors ?

– Oui. L'affaire est entendue.

Je n'en revenais pas. Mauricette Leblanc, à qui on aurait donné le bon Dieu sans confession, était une « *serial justicière* » qui avait fini par tuer. Elle n'était pas aussi « *couille molle* » que le pensait Dylan. Je revoyais son sourire plus doux que l'amande, ses yeux luisants de bienveillance, sa main apaisante qui tapotait mon épaule éplorée. *Docteur Jekyll et Mister Hyde.* Célibataire endurcie, la quarantaine, sirotant sa tisane à la camomille « *nuit tranquille* », elle ourdissait ses scénarios le soir, derrière les murs de son appartement, en corrigeant des copies ou en préparant ses cours. Je ne parvenais pas à exprimer ce que je ressentais. Notamment vis-à-vis de cette odieuse Greta Sanchez que j'exécrais pour tout ce qu'elle m'avait fait endurer. Néanmoins, le soulagement était réel, je lui concédais une certaine reconnaissance d'avoir fait cesser ma souffrance. Même si je savais que la manière était répréhensible et immorale. Elle m'avait débarrassée d'un monstre. J'ai desserré mes doigts autour de la dent de dinosaure, l'ankylose me gagnait. Je me suis rehaussée sur mon fauteuil, j'ai repris mon souffle. Dans un miroir soleil, j'ai aperçu Rosario et Gigi qui se faisaient face, assis dans le petit salon. L'intensité des révélations pesait dans l'atmosphère et découpait au scalpel le profil de leurs visages. On aurait pu faire craquer des pétards.

J'ai eu envie de remuer, de sauter à pieds joints sur le parquet pour faire la danse de la joie. Bondir vers Gigi et me jeter à son cou. Car finalement, une page sombre de ma vie se refermait. J'allais pouvoir retourner au lycée, sereine, légère, insouciante, m'amuser, m'instruire et rêver à mon avenir d'« *animatrice télé* », d'« *amoureuse éperdue de Dylan* ». Cependant, le temps paressait suspendu dans la pièce d'à côté. Ça m'intimidait… Sortir de ma cachette d'affreuse « *écouteuse aux portes* » accentuait mon malaise. La chaleur me battait les tempes, déjà bien roses. S'ils avaient pu partir, ça m'aurait arrangée, j'aurais pu me sauver sans me faire prendre la main dans le sac. J'étais bonne pour conserver la position encore un peu. Alors, pas d'autres options, j'ai rongé mon frein, dans un silence de monastère. Les observant d'un œil attentif, prête à faire mouvement au moindre clignement de paupière.

34

Rosario Félix était hésitant. Il a toussoté.

– Écoute, Gisèle. Il faut qu'on parle. Il y a du monde en permanence autour de toi, dans cette immense propriété. Je ne retrouverai pas de sitôt une occasion comme celle-ci, où nous ne sommes que tous les deux.

Puis, il a extirpé son portefeuille de la poche intérieure de sa veste, a saisi une photo qu'il lui a tendue. Gigi a baissé les yeux pour voir de quoi il s'agissait. Un rictus étonné a pincé son front. Hypnotisée, elle ne parvenait pas à décrocher son regard, scrutant les moindres détails.

– C'est ma mère, a-t-il expliqué alors qu'elle restait muette. Elle avait dix-huit ans sur ce cliché.

Le port altier, Gigi a rejeté la tête en arrière. Ses boucles de cheveux ondulaient. Son cou fier a frissonné. Un fragment de certitude ébréchée s'est détaché sur l'ourlet de ses lèvres jointes, prêt à tomber dans le vide.

– Romy lui ressemble ! C'est fou ?!

– Qu'essaies-tu de me dire ? a-t-elle murmuré la voix atone.

– L'évidence que tu te refuses à voir ou à admettre. Je ne sais pas trop. Depuis toutes ces années, je constate que tu fais comme si rien ne s'était passé entre nous. Mais, Gisèle, c'est arrivé ! Nous avons fait l'amour, il y a seize ans, et nous avons eu Romy. Que tu le veuilles ou non, je suis son père, elle est ma fille !

Mon cœur a explosé dans ma poitrine, l'air s'est raréfié. J'étais soufflée. Les tympans en résonnance. J'allais crever dans la bibliothèque à curiosités et en devenir une pour les générations futures. J'avais dû mal entendre ou comprendre de travers. Du gloubi-boulga à la place de la cervelle, je me liquéfiais, je suais à grande eau sous les aisselles, entre les cuisses, dans le dos, partout. La dent de dinosaure a glissé dans la paume de main moite, elle est tombée sur le bord du fauteuil, en équilibre précaire. J'étais tétanisée.

– Tu délires complètement ?! a-t-elle feulé. Il ne s'est rien passé entre nous, tu te fais des films, et tu n'es pas son père.

– Si, Gisèle, tu es dans le déni depuis seize ans.

– Non, non, non et non !

– Elle ressemble comme deux gouttes d'eau à ma mère.

– Et alors ? Ça ne prouve rien. On a tous des similitudes troublantes avec des personnes qui ne sont pas de notre lignée génétique. C'est la vie !

– J'ai pris en photos Romy tous les ans et j'ai constitué un carnet où j'ai collé les clichés et, à côté, ceux de ma mère aux mêmes âges. C'est juste incroyable !

– Tu es dingue ?!

– Non, clairvoyant.

– Pourquoi maintenant ?

– Parce que ça m'obsède. Parce qu'au début, j'étais moi aussi dans le déni. Il m'a fallu des années pour me rendre à l'évidence. C'est arrivé par hasard lors d'un repas de famille où on sort les vieux albums, on rigole, on ressasse, on refait l'histoire, et… On reconstitue le puzzle, subitement les éléments s'emboîtent les uns dans les autres… On se rend compte qu'on l'a toujours su, mais seulement tu. Je me souviens de ce jour-là en voyant un cliché de ma mère qui avait dix ans, j'étais ébahi, c'était le sosie de Romy. J'ai alors refait le film des événements, cet été-là, sur la plage, le brasier, l'alcool, la légèreté, la musique, tes cousins, ta beauté, nous deux, l'amour sur la dune… Ma conviction était faite.

Maman ne disait rien, perdue dans le feu ardant de ses pensées, sans doute en lien avec son passé qu'elle occultait sous des couches de sable bien épais. Ça craquelait de toutes parts, l'eau gonflait, creusait des bâches entre les bancs de sédiments, prise au piège d'une noyade proche.

– Je ne réclame rien, surtout ne te méprends pas sur mes intentions. Je ne veux pas vous bousculer, je ne désire rien de plus qu'une confirmation. J'ai conscience que Romy traverse des tempêtes ces derniers temps. Loin de moi l'idée de la fragiliser ou la faire souffrir davantage.

Ni toi, d'ailleurs. J'ai toujours des sentiments à ton égard, c'est aussi une des raisons qui m'a fait venir habiter par ici, près de toi, alors que d'autres auraient fait le choix de refaire une vie ailleurs… Je respecte scrupuleusement tes choix. J'ai… J'ai juste besoin de savoir… si elle est ma fille… Ça me paraît normal.

À force d'immobilisme, mes muscles se tétanisaient. J'ai remué à la vitesse du caméléon qui déploie sa patte sur une branche. La dent de dinosaure, en équilibre sur le bord du fauteuil, est tombée sur le parquet. Le claquement de la résine sur le bois a retenti. J'ai tressailli d'effroi en croisant dans le miroir le regard de Gigi. Cet instant m'a paru une *putain* d'éternité, suspendu hors du temps, comme une pièce de monnaie jetée en l'air du bout de l'ongle et qui tournoyait sur elle-même en redescendant au ralenti. J'étais encapsulée dans une bulle de silence. Puis, le martèlement des battements de mon cœur sous la poitrine m'a assourdie. D'un seul coup. J'ai vu l'angoisse sur le visage de maman.

Bien sûr, je m'étais interrogée sur mon père biologique, mais je n'en avais jamais fait une croisade. Comme tant d'autres. Une amie orpheline « *née sous X* » avait déjà entamé des recherches pour connaître son identité génétique. C'était une obsession que je comprenais, mais que je ne partageais pas. Nul besoin de cette vérité pour me tenir debout. J'étais *debout* et bien droite, grâce à ma famille merveilleuse. Je les aimais éperdument, Gigi, Pablo, André et Désiré. Et je me savais aimée en retour avec intensité. Ils étaient mon socle, mes poumons. S'il n'y avait pas eu la mort dévastatrice de mon petit frère, l'existence aurait été parfaite. Il était (et resterait) ma souffrance éternelle, bien au-delà de la question de mes origines paternelles.

Rosario Félix s'est tourné, son esprit tourmenté transperçait le miroir. À distance, ça semblait irréel. Il aurait aimé stopper la projection, rembobiner la pellicule du film en super-huit pour revenir en arrière. Son embarras lui voilait le teint. Trop tard. Il avait allumé le bâton de dynamite. Mèche courte ou mèche longue ? Dans l'attente d'une réaction, ils n'osaient faire le premier pas.

– Romy, ma chérie…, a couiné maman. Tu es là depuis longtemps ?

– Assez pour connaître le mystère de mes origines.

– Ah…

La confusion agitait son corps voluptueux. Elle a ondulé, fusillant du regard Rosario. Qu'avait-il besoin de déballer ses états d'âme ? Ici et maintenant ? Gigi avait toujours cherché à maîtriser ce sujet, son incartade de jeunesse. Un joli souvenir. Un premier amour d'été. Elle n'avait aucun regret, au contraire, elle l'assumait pleinement. Elle m'avait régulièrement sondée. Si j'en avais émis le souhait, elle n'aurait pas tenu longtemps et m'aurait livré le secret de ma naissance. Même si la notion de déni, tel qu'énoncé par Rosario, n'était pas totalement exclue. Elle avait tout fait pour ensevelir le visage du géniteur, son existence, pour ne plus se concentrer que sur sa famille particulière. Pablo était le père magnifique de sa fille, « *el grande* », et André un second tout aussi génial. Elle n'avait que faire du semeur de graine, malgré l'amitié qu'elle conservait à son encontre.

J'ai ramassé la dent de dinosaure, l'ai remise sur la commode, à côté de la corne de licorne. Un bref instant, j'ai réfléchi à ce que je ressentais. Après la déflagration, le soufflet percé s'était effondré. Plus rien. Ni colère ni emportement, pas même de protestation. Rien de tout ça. Ça aurait pu être un illustre inconnu, un borgne-sourd-muet, un rabat-joie, un croque-mort, un verbicruciste, une armoire à glace, un crooner suicidaire, un dangereux psychopathe, un antipodiste, un tueur à gages, un gardien d'autruches… Finalement, c'était Rosario Félix, policier et ami de maman, un gars du coin que je connaissais depuis des lustres. Un type plutôt sympathique quand il n'interrogeait pas les suspects ni ne les arrêtait. Du coup, mes émotions se sont apaisées d'elles-mêmes.

– Je ne voulais pas que ça se fasse ainsi, s'est-il excusé.

D'un haussement d'épaules, j'ai dit :

– Ça va, t'inquiète !

Franchement, je me suis sentie soulagée d'un poids que j'avais fini par oublier, mais qui était bien arrimé sur mon dos depuis toutes ces années.

– Un flic, c'est toujours utile ! Pour éviter les contraventions, la garde à vue, les embrouilles…

Je me suis approchée d'eux. J'ai demandé à voir la photo de ma *nouvelle* grand-mère. L'air un peu gauche, il m'a tendu le cliché. C'était flippant ! Je me découvrais fringuée et coiffée à la mode des années 1980. La ressemblance était impressionnante. Aussi ronde et miro que moi. Mais sans être vraiment moi, forcément.

– Alors, que les choses soient claires, ai-je précisé. Mon père c'est Pablo. Et André, c'est mon deuxième papa.

– Bien sûr. Je ne voulais que savoir…

Puis me tournant vers maman :

– On doit faire un test de paternité ? Pour être certains ?

– Je ne sais pas. On fait ce que tu souhaites, ma chérie.

– Ils se doutent de quelque chose ? ai-je questionné, inquiète.

– Oui, je pense, a répondu Gigi. André était présent cet été-là.

– J'en suis sûr, a renchéri Rosario. Vu la tendresse qu'il me porte depuis toujours.

35

Le fantôme de Désiré se baladait dans le sillage de celui de David Bowie. Flottant au mur, glissant sur la tranche des tableaux, caracolant sur les nombreux bibelots, projetant des ombres chinoises dégoulinantes, se hissant au plafond la tête à l'envers. Leurs yeux bicolores s'écarquillaient, leurs bouches rouge sang ricanaient, ils prenaient plaisir à envahir ma chambre, mes pensées, dans l'obscurité qui explosait. Je n'ai pas enclenché la lumière, juste une lampe de chevet aux reflets dorés et soyeux. Préférant m'envelopper dans un entre-deux moelleux. L'atmosphère feutrée plaisait à mes fantômes. Étendue sur le fauteuil, où Dylan avait passé les dernières nuits, j'avais la lune en ligne de mire. Par la fenêtre froide, où ricochait un vilain courant d'air. Croissant gracieux, auréolé d'étoiles, mon humeur penchait vers la mélancolie.

J'ai toujours aimé mes amis imaginaires, qui depuis ma prime enfance venaient me voir la nuit surtout. Parfois le jour lorsque la langueur des heures était écrasée d'ennui. Mes spectres affectueux me chuchotaient des secrets, des promesses de ce que nous avions fait ou allions réaliser. Ils s'étaient faits moins fréquents à l'adolescence pour ressurgir à la mort de Désiré. Finalement, c'était chouette, ça le rendait moins *définitif*. Et puis, à présent, mon idole était à ses côtés, lui fredonnait des tubes hallucinants, en gesticulant avec son micro, grimé à outrance. Miniranger n'était pas tout seul.

Je me languissais de Dylan.

Nous avions échangé par SMS. Il m'avait promis de venir après le dîner. Alors je tuais le temps. Observant mon reflet dans la vitre. J'ai retroussé mon nez, élargi mes narines, tiré la langue, ajusté mes seins dans mon pull moulant. Ma poitrine était à l'image de mon corps, bien ronde. Plutôt réussie, appétissante. J'avais lu dans un magazine que les hommes aimaient les gros nichons. Tant mieux, ça me donnait au moins un atout de taille dans le jeu de la séduction.

Dylan se faisait attendre. Ça m'a gonflée. Je suis allée me repoudrer le nez dans la salle de bains. Au départ pour rompre mon ennui, ensuite pour ne pas gâcher mes chances. Je ne voulais pas qu'il me voie terne, le cheveu filasse, malodorante, négligée, débraillée au terme de ce samedi de révélations. Finalement, j'ai filé sous la douche, étalé de la crème onctueuse sur le corps, oint du parfum dans le cou et sous les aisselles, j'ai passé mon plus beau soutien-gorge en dentelle, la culotte assortie, une tunique en velours sur un legging. Mes boucles rehaussées et laquées, j'ai maquillé mon visage. Par la porte entrouverte, mon gros chat orange s'est dandiné jusqu'à moi. Éberluée, je l'ai observé se frotter à mes mollets, faire des « *huit* ». Soulagée de constater qu'il m'aimait toujours, je l'ai pris dans mes bras. Qu'il était lourd ce salopard ! J'ai enfoui mon nez dans son poil soyeux. Il ronronnait tout ce qu'il savait. Ça m'a fait un bien fou de le retrouver.

Je m'étais assoupie sur le fauteuil, près de la fenêtre, à guetter la venue de Dylan. Mon chat, enroulé en boule, me chauffait les cuisses. Pas un bruit, en dehors de voix étouffées et lointaines, dans la cuisine au rez-de-chaussée. J'avais refait le film de la semaine, depuis la mort de Greta Sanchez, trucidée par Mauricette Leblanc qui voulait faire vengeance à la malheureuse victime que j'étais ou bien pimenter sa morne vie de vieille fille. À celle de mon idole que je ne pourrai plus jamais aller voir en concert. À l'acceptation du décès de mon petit frère, même si son fantôme dansait dans l'étable avec les chiens ou sur les murs de ma chambre. À mon nouveau père, le biologique, le troisième, qui venait se rajouter aux autres. Aux baisers de Dylan… Hum… Oui, les baisers de Dylan chéri… Hum… Hum… Le souvenir plus vrai que nature me bouleversait. Humide, doux, incandescent. Présent, si présent. Manquant de souffle, j'étais stupéfaite. Les lèvres prises d'assaut. Il m'embrassait éperdument, faufilant sa langue entre mes dents, la tortillant avec la mienne. Je me suis aussitôt liquéfiée de bonheur, le cœur pétaradant, le ventre crépitant. J'étais émoustillée, les muscles cotonneux, mes veines bourdonnaient d'écume.

On a fini par recouvrer notre respiration, nos regards harponnés, à cinq centimètres l'un de l'autre, autant dire à touche-touche. Il s'est redressé en étirant un sourire radieux. Puis, il s'est mis à sautiller, les poings serrés devant lui, mimant un boxeur à l'entraînement. Bowie s'était réfugié sur le rebord de la fenêtre, hésitant à repartir loin de l'agitation de nos émotions adolescentes. Il s'est donné un instant de réflexion.

– Me voilà, luciole !

– Cool, ai-je murmuré sous le charme.

– Tu es toute jolie et tu roupilles. Comme la Belle au bois dormant ?

– Tu étais un peu long…

– Je sais, mais j'ai fait des tas de trucs pour ma mère et les enfants. Le dîner, les devoirs, des lessives, du ménage… J'ai même réparé un vélo. Elle était contente que je l'aide. C'est déjà ça. Les petits aussi.

– Tant mieux. Tu restes dormir ?

– *Of course !*

– Faut tout de même que j'en aie le cœur net…

– De quoi donc ?

– Tu ne veux pas arrêter de sauter ? Tu me donnes le mal de mer.

– Si.

Il s'est jeté mollement en arrière sur le lit, s'est assis. L'air de rien, il s'est déchaussé.

– Alors ?

– Tu es homo ? Ou tu es bisexuel ?

– Oh, putain, tu remets ça !

– On se dit tout depuis toujours. Il faut que tu craches le morceau, une bonne fois pour toutes ! Et puis, voilà que tu m'embrasses, à plusieurs reprises. Je suis perdue. Alors ? Homo ou bi ?

– *Nada*. Je vais aller me brosser les dents. J'ai pris ma trousse de toilette et mon pyjama. Prévoyant cette fois.

– Attends ! ai-je hurlé en me ruant vers lui.

Il a basculé en arrière, je l'ai chevauché, sans l'écrabouiller. Je ne voulais pas gâcher mes chances d'un autre baiser. Il n'était pas en position de force. Il devait me balancer la vérité. Il est parti d'un fou rire. Devais-je me vexer ? Ou bien rebondir sur son apparente bonne humeur d'être là ? J'ai choisi l'option numéro 2. Mes doigts collés dans le creux de ses hanches, il était chatouilleux, alors je m'en suis donné à cœur joie.

– Réponds !

– Les mecs, ce n'est pas mon truc, je préfère les filles. Et toi, Romy, tu recueilles tous mes suffrages !

J'ai stoppé mes gratouillis pour piquer un fard. Impossible de contrer le brasier qui empourprait mon corps tout entier. Il venait de me faire une déclaration. Bordel ! J'étais scotchée. Le trouble m'étourdissait. Je peinais à respirer, à insuffler l'oxygène qui s'amenuisait dans ma chambre. La pièce se rétrécissait, les murs se rapprochaient. J'étais saisie de bonheur et, paradoxalement, transie d'effroi. Allait-on faire l'amour ? Cette question rebondissait. Mince… L'angoisse a enflé subitement. J'étais dépassée par la situation. Je devais admettre que je n'étais pas prête. Pas encore. Même si plein de choses contraires s'agitaient dans mes pensées et dans mon être. Tiraillée entre l'envie et la crainte de l'inconnu, de ne pas être à la hauteur, d'être déçue. J'ai glissé sur le côté, pour m'étendre sur le dos. M'éloigner un peu aussi. Prudemment. Sagement. Cette journée était saisissante. Les yeux plantés au plafond tacheté d'ombres. Je crois bien que j'avais la frousse. Une putain de frousse !

Se tournant sur le flanc, la tête calée dans sa main, il s'est mis à m'observer. Puis, m'a demandé ce que je préférais. J'ai paniqué. De quoi parlait-il ? J'étais en train de nous imaginer nus, enlacés, emboîtés. Avec le carré de plastique, entre le pouce et l'index, à ne pas savoir quoi en faire ou comment l'enfiler correctement, malgré tous les tutos scolaires dont nous avions été abreuvés.

Ses doigts ont claqué, j'ai sursauté. En fait, il me demandait si je voulais ou non fermer les volets. J'ai refusé, j'aimais laisser la nuit du monde envelopper la mienne. Il s'est collé contre moi, sur le dos, les yeux en l'air. Sa main s'est enroulée sur la mienne. Sa chaleur s'est diffusée par le bout de ses doigts. Tentaculaire, divine. J'ai perçu son trouble, au moins aussi vivace que le mien. Son embarras devant l'inconnu qui livrait ses premiers frissons à nos pieds. La maladresse et la fraîcheur unissaient nos battements de cœur qui tambourinaient à l'unisson. L'impression de ne plus faire qu'un, reliés par nos doigts joints. J'ai puisé la force de lui confesser mes sentiments.

– Je t'aime Dylan, depuis le jour où je t'ai vu dans la cour du collège. C'était la rentrée de sixième. J'étais empotée, intimidée, tout à la fois, et soudain, tu m'es apparu. Je m'en souviens comme si c'était hier. Jean et tee-shirt rouge. Tu t'es approché avec ta bouille ébouriffée et ton sourire de diable.

– Pareil, luciole. Je t'ai aimée dès le premier instant.

Le nez enfoui dans son cou, je m'enivrais de lui. Il sentait bon l'éternité. On est restés, serrés l'un contre l'autre, toute la nuit. À dormir, se dévorer des yeux, se sentir, se toucher, s'embrasser. Depuis notre rencontre, on était finalement en phase sur tout. Il en serait de même pour faire le grand saut et ça nous allait bien. Parfois, je souriais à la lune, par la fenêtre. Mon gros chat ne s'était pas fait la malle. Il roupillait sur le rebord.

J'avais passé mes nuits avec Bowie, j'allais faire ma vie avec Dylan. C'était donc ça une évidence ?

36

Cette semaine décisive est gravée dans mon existence d'humaine, à jamais, au burin, en lettres dorées, dans l'écorce de mon cœur. Souvent les choses essentielles se définissaient en quelques jours filants dans un ciel de traîne. Un étourdissement, un emballement, un emportement. Tout était là en soi, autour de soi, si beau, si intense. La lassitude se creusait ensuite, le quotidien, la routine, une vie à deux. J'adorais m'ennuyer (éperdument) avec Dylan. Mon grand amour. Mon unique. Même si le temps a matifié les sentiments, après les avoir sublimés. Je n'étais rien sans lui. J'avais besoin de lui, tout près, à portée de regard le jour, tout contre moi la nuit, peau à peau, avec son odeur dans mes rêves, avec sa saveur dans mes lendemains. On disait souvent que les premiers amours ne duraient pas, s'étiolaient, s'érodaient. Pas le nôtre. Bien sûr, il a suivi la patine des saisons. Avec ses hauts, ses bas, mais la certitude chevillée d'être liés à la vie à la mort. Il m'a donné deux filles, Rose (mon portrait craché) et Violette (le sien). Nous sommes restés vivre au Domaine. Mon oncle nous a cédé une grange près de l'étable que nous avons retapée, préservant un semblant d'indépendance, tout en facilitant l'interaction de nos échanges. Ma vie sans ma tribu m'était impossible. Dylan l'a très vite compris, mais ça ne lui posait pas de souci, car la liberté enivrait nos journées. Je suis devenue animatrice télé en région, mon rêve. Après avoir fait mes armes comme reportrice locale, et à force de ténacité, j'ai fini par avoir mon émission où je pouvais mettre les gens en lumière et m'injecter ma dose quotidienne de bonheur et de bonne humeur.

Edison est parti quelques jours après, vers la Saint-Valentin. Comme il était arrivé. Sans prévenir. Laissant juste un bout de papier sur la table de la cuisine où était griffonné « *Merci pour le refuge et votre chaleur. Je vous en serai à jamais reconnaissant. Je reviendrai. Edison* ». Il n'est jamais revenu.

La tristesse a envahi Gigi. Entre le désarroi de l'abandon et l'accablement du vide soudain. Elle s'y attendait pourtant, elle savait. Mais la brutale réalité s'est avérée cruelle, comme les mots qu'il ne lui avait pas dits ni écrits. Sans doute par pudeur, par frousse de devoir avouer ses vérités, par crainte de froisser Pablo, d'irriter André, de me peiner. Un peu pour toutes ces raisons. Mais elle a tout pris pour elle. Une gifle en pleine figure. L'affront d'une âme offerte piétinée en retour. La mélancolie a tavelé son humeur, endolori son cœur, étouffé ses rires. Pablo en était malheureux, inquiet de la voir sombrer dans un état dépressif, de la perdre. Alors quand il a constaté que Rosario Félix nourrissait toujours des sentiments à l'égard de sa femme bien-aimée, il a multiplié les prétextes pour l'attirer au Domaine, les conversations, les apéros, les dîners, tirant les ficelles de retrouvailles amoureuses. L'étrangeté des relations, avec ma filiation au milieu, conférait de la gravité et du sérieux. Le temps a passé, puis tout doucement Gigi et Rosario ont renoué, différemment, mais avec délicatesse. Il était célibataire, sans enfant autre que moi, et notre grande famille bizarroïde lui plaisait. Faut dire que nous étions bigrement attachants. Il a pris la place d'Edison, sa chambre aussi, avec ses moments de tendresse ou ses nuits plus fiévreuses. Je le considérais comme un oncle venu d'Amérique. Puis, le projet fou de faire un bébé a germé dans leurs têtes à tous, enfin, surtout Gigi, Pablo et Rosario. Pourquoi pas après tout, si tous étaient d'accord. L'amour s'offre, se multiplie. Un petit frère est né peu de temps après, prénommé Lino, en hommage aux origines italiennes de la grand-mère Félix. Forcément ça a fait jaser au village, au début, puis les gens finalement se sont habitués.

De son côté, mon oncle s'est bien rendu à Paris, retrouver la veuve de son associé et sa fille. Après un démarrage revêche, où elle a vidé son sac, lui reprochant l'abandon, sa souffrance, sa cruauté. Toutes ces choses dont elle ne l'imaginait pas capable au regard de l'amitié indéfectible des deux hommes. Au contraire, elle pensait même qu'il aurait été le chêne sur lequel s'appuyer pour pleurer dans ses bras jusqu'à épuisement, se remettre debout. Il n'avait été rien de tout ça. Il avait été bien pire. Un lâche, un lâcheur, un odieux… Puis, elle avait admis que la souffrance pouvait être autre et tout aussi féroce. La puissance de son amitié et l'intensité de sa culpabilité étaient un mélange détonnant, pouvant faucher un homme sur son socle de certitudes, le terrasser, l'empêcher de se relever. Elle n'avait pas pardonné, pas tout de suite, elle avait compris, accepté. L'amitié avait ressurgi dans les souvenirs et même une forme d'amour. Elles avaient rejoint « Le Domaine », investi la petite maison des domestiques, à l'entrée de la propriété. Il était bon de savoir mon oncle, cet ours solitaire, avec cette femme douce et simple. Il méritait son havre de paix, enfin, lui qui organisait le bonheur de tous, tout autour. J'avais par ailleurs gagné une copine, sa fille, qui avait mon âge.

Pablo a essaimé ses sculptures monumentales en acier dans le pré, en lisière de forêt. Le public s'est pressé pour admirer son œuvre. L'argent de mon oncle a permis la construction d'une galerie en bois pour y exposer ses peintures. Il était fier, d'autant que les médias étaient venus l'interviewer pour des reportages nationaux. Son extravagance conjuguée à son talent et son handicap le rendaient unique. Un acquéreur américain avait même débarqué au Domaine pour lui acheter une sculpture monumentale, en acier en forme d'écureuil étiré et tordu sur son axe, dénommée *Cet autre moi*.

Décidément, nous étions une drôle de famille, hétéroclite. Nous étions bénis. Si chanceux. Nos différences, nos imperfections et nos peines galvanisaient l'amour, cimentaient nos émotions.

Nous avions presque reconstruit le paradis.

Remerciements

Dans *Mes nuits avec Bowie*, il y a Romy, Désiré, Dylan. Il y a vous, nous. Il y a l'innocence de l'enfance, la saveur du sucre, les papillons au printemps, les tourments adolescents, les premiers émois, la violence des autres, la solitude immense, l'espérance du bonheur, une pluie de doutes, l'amour incommensurable d'une famille, une vie entre douleur et merveille… Il y a tout ça, sur un air de Bowie, divine idole de mes « *Golden years, gold whop whop whop* ».

Merci à tous ceux sans qui ce roman n'aurait pas vu le jour : ma famille, mes amis, mes éditeurs, mes libraires, mes lecteurs.

Rosalie Lowie

Rosalie Lowie vit sur la Côte d'Opale. Elle est l'auteure de *Un bien bel endroit pour mourir*, couronné du Grand Prix Femme Actuelle 2017, *Quand bruissent les ailes des libellules*, aux Éditions Nouveaux Auteurs 2, *Dernier été sur la côte*, aux Éditions Nouveaux Auteurs 2, et d'un livre jeunesse *Le mystère de la villa abandonnée* aux Éditions Polar en Nord Junior.

Elle est co-auteure de recueils de nouvelles *Quelques mots à vous dire*, *Un hôtel à paris*, *Point de rencontre*, aux Éditions BOD, et de deux livres jeunesse *En piste !* et *En route belle troupe !* aux Éditions Bel et bien.

Achevé d'imprimé en France par
Brodard & Taupin SAS
pour le compte des éditions

NOUVEAUX AUTEURS

Dépôt légal : mai 2022
N° d'impression : 3047192
Impression France Brodard & Taupin

Directeur des éditions Les Nouveaux Auteurs : Jean-Laurent Poitevin

Pour les Éditions Prisma :
Responsable éditoriale : Ambre Rouvière
Correction et composition : Nord Compo Multimédia
Conception graphique de la couverture : Nord Compo Multimédia
Illustration de couverture : © Shutterstock/andrey_l

ISBN : 978-2-8195-0697-3